光文社文庫

文庫書下ろし／長編小説

そっと覗いてみてごらん

明《あけ》野《の》照《てる》葉《は》

光 文 社

この作品は光文社文庫のために書下ろされました。

目次

プロローグ

めだかのがっこうは
かわのなか
そっとのぞいてみてごらん
そっとのぞいてみてごらん

………

日和《ひより》の頭のなかで、『めだかの学校』のメロディが、執拗《しつよう》なリフレインみたいに、繰り返し何度も何度も流れていた。

自分の部屋のあるマンションへの帰り道、いつしか自然と頭のなかに流れるようになったメロディだ。それがまた流れていることに気がつくと、まるでリングにプロレスラーが登場する時のテーマ音楽みたいだと、自分でもおかしくなって、帰る道々、思わず顔に苦笑を滲《にじ》ませたりする。苦笑——見る人が見れば、思い出し笑いをしながら歩いていると思うかもしれない。そんな種類の笑みだ。

童謡の『めだかの学校』のメロディがテーマ音楽というのでは幼いし、甚《はなは》だ迫力に欠ける気がするが、ひとりでに頭に流れてしまうのだからどうしようもない。何ゆえそういうことになったのか、それも日和にはわかっていた。

日和が今現在住んでいるマンション、サンホークス連雀《れんじやく》は、東京都三鷹《みたか》市にある。最《も》寄《よ》り駅は、JR中央・総武両線の三鷹駅だ。高田馬場駅の発車メロディが『鉄腕アトム』だというのは有名だろうが、三鷹駅のJR中央線の発車メロディは『めだかの学校』だ。いつから『めだかの学校』になったのか……気づいた時には、いつの間にやらそうなっていたという感じだった。また、何で『めだかの学校』なのか……たぶん太宰治が入水した玉川上水を駅が横断するような恰好で、駅前から上水が流れている町だからだと思うが、それは日和の自分勝手な推測で、本当のところは知らないし、あえて確かめたこともない。

特別快速なら、新宿駅までおよそ十三分、東京駅までおよそ二十五分、あっという間だ。だが、三鷹は、新宿や渋谷あたりの都心の街に比べると、比べること自体が憚《はばか》られるぐらいに田舎だ。隣駅である吉祥寺とも、特快が停まるという点で勝っているだけで、まるで比べものにならない。ようやくささやかなエキナカが出来たものの、三鷹には吉祥寺のようなお洒落《しやれ》さがなく、それどころか反対に些《いささ》かばかり泥臭い。けれども、いざ実際住み慣れてみると、案外その田舎っぽさ、垢抜けなさが住みやすさにつながっていて、暮らすに悪くない町だとわかってくる。三鷹は、夜も騒々《そうぞう》しくないし、ちょっと歩くと緑も豊富だ。周辺には畑も多くあって、地元農家直売の新鮮野菜が安い値段で手にはいる。庶民的なスーパーがあるから日常の買い物には困らないし、吉祥寺まで出れば、デパートや家電量販店があるから何でも揃う。仮に吉祥寺での買い物が大荷物になったとしても、サンホークス連雀まではタクシーで千円かかるかかからないかの距離だ。今日も日和は吉祥寺まで出て、お気に入りの雑貨店で友人のバースデープレゼントを買ってきた。今はその帰りだった。

(何より都心に出るのに便利だし)

歩きながら、日和は心で呟《つぶや》いた。

(そうね、即行で都心に行ける田舎って感じかしら)

昔ながらの武蔵野の面影を残した町。三鷹に住むようになって六年になるが、田舎だ何だと言いながら、実のところ日和は、三鷹暮らしが結構気に入っていた。

両脇に植栽のある幅広で長めのポーチを行き、二番目のガラスドアのロックを解除してから、サンホークス連雀の広々としたエントランスにはいる。エントランスの片隅の窓際には、革張りのソファと焦茶色のどっしりとした木製のテーブル、それにスタンドライトがあって、大きめの観葉植物の鉢がひとつ置かれている。レンタルグリーンだから、観葉植物の種類はその時々で異なるが、今はヤシだ。そこがいわゆるロビースペースになっていて、会わねばならない相手ではあるのだが、部屋に通す必要のない客、通したくない客とは、そこで話をすることができる。たとえば、証券マンや保険屋、銀行員……。

ロビーにそうした応接セットが置かれているマンションが、昔はわりあい多くあったらしい。サンホークス連雀は、出来て十年と、比較的新しいマンションだが、都心によくあるデザイナーズマンションのように、スタイリッシュで無機質な感じのマンションではなく、随所にそうしたゆとりや懐かしさを残した、言わば体温の感じられるマンションだった。ある意味、三鷹に似合いのマンション。

「ああ、石屈《いしかが》さん、お帰りなさい」

日和の姿を目にして、管理人の増岡隆《ますおかたかし》が笑顔で言った。増岡は、何か用事があって、たまたまエントランスに出てきていたようだった。

「こんにちは」

日和も顔に笑みを浮かべ、にこやかに挨拶を返した。

「石屈さんは運がいい。——あ、失礼。日頃の行ないがいいと言うべきですね」

「？」

「じきにざーっと来ますよ」エントランスのガラスの外、少し上空を見上げるような恰好をして増岡が言った。「ほら、石屈さんを追いかけるみたいに、真っ黒い雲の塊が——」

帰り道、歩いている時には気がつかなかった。が、増岡に言われて見てみると、本当に黒い雲の塊が、上空の強い風を受けて、ぐんぐんこちらに近づいてきていた。

「近頃の天候は極端だし、読めないところが困りもので。この間の土曜日も、ちょっと前まで晴れていたのに、急に冷たい風が吹きつけてきたなと思ったら、いきなりの土砂降り。いったい、いつどこから雨雲が湧きだしたのかと思ったぐらいでしたよ」

「ああ……そう言えば、そうでしたね」

日和は、思い出すように言って頷いた。

ちょうど一週間前の土曜日だ。日和は駅前のビルの地下にある市場に食料品の買い物に出かけたが、雨が降りだした頃は、買ってきた食材を冷蔵庫に収めているところだった。バチバチと激しく窓を打ちつける雨音に驚いて外を見た時には、まさしくバケツを引っ繰り返したようなざんざん降りだったが、日和はすでに家に戻っていたから雨に濡れることは免《まぬか》れた。

「あ、ほら。言っているうちにも降りだしましたよ」

増岡が言った。

一天にわかにかき曇り……というほどの暗さではない。が、空は曇り、早くも大粒の雨が地を打ちつけはじめていた。それも、みるみる激しい降りになっていく。先週に続き、今日もいきなりの土砂降りだ。

「よかった。私、傘を持っていなかったから」

「ね？　だから申し上げたでしょう。石屈さんは、日頃の行ないがいいって」

「そんなことはありませんけど」日和は、思わずてらいを含んだような笑みを目もとのあたりに滲ませて言った。「やっぱりラッキー」

六月だ。雨が降るのは当たり前だし、たとえ濡れたとしても、それで風邪をひくことはないだろう。けれども、服や靴、それに持ち物が濡れてしまうのは嬉しくないし、後の手入れや何かが面倒だ。二週続けて、日和はそうした厄介を、うまく免れることができたらしい。

「あっ、美馬《みま》さん」

増岡の声と視線につられるように、日和はマンションの出入口の方向を振り返った。エントランスに幾分身を屈《かが》めるようにして飛び込んできたのは、同じサンホークス連雀の住人女性だった。

「あれあれ、お気の毒に。ずぶ濡れだ」増岡が彼女に向かって言った。「大丈夫ですか」

事実、彼女は、頭のてっぺんから爪先までびしょ濡れで、髪や服から水がぽたぽた滴《したた》ってきそうだった。——いや、実際に滴っていたと思う。せっかくのヴィトンのバッグが泣いていた。

「あ、どうも……。大丈夫です」

苦笑に近い笑みを片頬に滲ませて彼女が言った。同じ苦笑でも、帰り道に日和が滲ませていたのとは、違った種類の苦笑だった。もっと苦くて無理のある笑み、硬い笑み。

彼女は、増岡に向けていた目をちょっと動かして日和に据えた。が、それもほんの一瞬のことで、すぐにその目を逸《そ》らして下に落とした。そして、視線を二人に戻すことなく、そのまま「それじゃ」と頭を下げて、二基あるエレベータのうちの向かって右側の箱に乗り込み、自分の部屋へと引き揚げていった。

「かわいそうに、見事なまでのずぶ濡れ……石屈さんと、ほんの数分の違いだったのにねえ」

増岡が同情するような口調で言う。

「あ、それじゃ、私もこれで」

われに返ったようになって日和は言った。

「ああ、お引き止めしてしまってどうもすみませんでした」

増岡と別れ、日和は彼女とは逆、向かって左側のエレベータの箱に乗り込んだ。

(タッチの差だったな)

エレベータのなかで、ずぶ濡れになった彼女の様子を脳裏《のうり》に浮かべながら日和は思った。

(ほんの三、四分の違い。すんでのところで、私もああなるところだった)

生死の境を分けるというようなたいそうな話ではない。とはいえ、かたや雨粒ひとつ身に受けておらず、かたやからだの芯までびしょ濡れで……何だか嘘みたいだった。

美馬可南子《かなこ》――知っていると言えるほどではないし、つき合いもない。ただ、同じサンホークス連雀の住人として、日和も彼女のことは認識していた。年齢は、たぶん三十代半ば、日和より少し歳上。すっきりとした顔だちをした理知的な美人だ。ここから先は、日和の勝手な想像になるが、恐らく彼女は、マスコミ関係の仕事でもしているのではないだろうか。見るからに頭が切れそうだし、いつも忙しげで行動力もありそうだ。加えて彼女はお洒落でもある。センスがいい。

サンホークス連雀は、EとW、二棟に分かれたマンションだ。日和と彼女を隔《へだ》てるものは、今日、ラッキーだったかアンラッキーだったかということのほかにもうひとつあった。それは、日和がE・イースト、すなわち東棟の住人であるのに対し、彼女はW・ウエスト、西棟の住人であるということだ。だから、エレベータも、日和は左、彼女は右。

(でも、きれいな人は、びしょ濡れになってもきれいよね。うちの亜以子《あいこ》叔母ちゃんがそう)

四階でエレベータから降りながら、日和はひとり心で呟いた。

が、その呟きも、彼女のことも……部屋の鍵を開ける頃には、日和の頭のなかから、みんなきれいさっぱり消えていた。

第一章

1

　元のビルとは、ほんのビル四つか五つ分、距離にしたら百メーターほど東に動いたに過ぎない。けれども、日和の勤める文具メーカー、メイトが移転した新社屋のSJビルは、造りが機能的だし、何より新しくてきれいで明るいのがいい。朝、出勤した時点での気分が違う。清々《すがすが》しい。前のビルとは異なり、エレベータ待ちの鬱陶《うっとう》しさがぐんと軽減されたのも、そうした気分のよさにつながっているかもしれない。

　メイトは、SONYといった電機メーカーやトヨタといった自動車メーカーに比べれば、いたってかわいいものだし、中規模企業だが、文具メーカーとしては一応大手だ。文具も、いっときはNIESと言ったか、アジアの経済新興国群の安価な商品、百均ショップで売られている商品などに消費者が流れたが、不況下にありながら、ここ五、六年でまた盛り返してきた感がある。ＰＣ、ｉＰａｄ、スマホ、タブレット……そうしたハイテク機器が普及すればするほど、アナログな道具である文具は廃《すた》れていきそうなものだし、一時は社内でもそれを危ぶむ声が聞かれたりした。が、豈図《あにはか》らんや、文具は文具でやはり必要最低限なくては困るし、そうしたハイテク機器関連の文具の必要性や需要が生じたり、逆にハイテクの流れに逆行するように昔ながらの文具の人気が高まったり……食べ物商売ほどではないものの、文具は案外根強い業種だということがわかった。ことに、日本のような高学歴社会においてはそうだ。温水シャワー便座が普及しても、トイレットペーパーが必要なくならないのと似ているなどという人もいる。

「要は着想とイマジネーションよね」広報部長の滝沢成子《たきざわせいこ》は言う。「スマホが一般化したら、それに伴ってどういう文具やアイテムが必要になるか、ＰＣやスマホに疲れた人間は文具に何を求めるか……うちはそうしたニーズに見合った商品を次々生みだして売ればいいだけの話で」

成子の言葉から窺《うかが》われるように、文具業界は、目下なかなか強気だ。事実、メイトは業績もいい。だからこそ、旧社屋よりグレードが高くて使い勝手のいいビルへ事業所を移転することもできた。

「おはようござ……あ、日和さん、私のデスクにも、ジャパニーズローズ生けてくださったんだぁ」

日和より、ひと足遅れて出社してきた中山卯月《なかやまうづき》が、ちょっと目を瞠《みは》るようにして言った。そう言った目と頬には、笑みの光が見て取れた。

「嬉しい。私、ジャパニーズローズ、大好きなんです。かすみ草も」

「ほんの一輪よ。昨日カウンターに生けた薔薇《ばら》を水切りしたついでに」日和は言った。「ちょっと短くしたのを、私のデスクとウーちゃんのデスクに一輪ずつ。——ねえ、この薔薇、ジャパニーズローズって言うの？」

逆に日和が卯月に問う。

「あ、いえ。でも、黄色より濃いし、オレンジ色より薄い。この薔薇、山吹色でしょ？だから……。黄金《こがね》色とも言えるから、ゴールデンローズって言った方がいいのかもしれないな」

「ああ、山吹色の英語名ね」

「風水で言うと、金運がよくなるんじゃありませんでしたっけ、この色。どっちみち、見てると何か元気でますよね。どうもありがとうございます」

日和は黙って、卯月に柔らかい笑みと頷《うなず》きを返した。

かわいい娘だ。「ウーちゃん」「ウッチー」、卯月のことを、たいがいみんなそう呼んでいる。四月生まれだから卯月――わかりやすい。が、本人は、その名前をあまり気に入っていないらしい。昨年新卒で入社して今年二年目、商品部販売促進課の新人と言っていい。今年入社八年目の日和は、販促課二係の係長だ。といっても、対外的に役職があった方がいいということで、三十歳になったお土産《みやげ》みたいに係長の二文字がくっついたに過ぎない。役職がつくほどの仕事を、日和はべつにやっていない。おかしな言い方になるが、自分でその自覚と認識がある。

「おはよう」

厚みのある陽気な声とともに、部長の寺脇純男《てらわきすみお》がフロアに姿を現した。

「ああ、日和君、いつもきれいな花をありがとう」寺脇が日和に目を止め、口もとに笑みを浮かべて言った。「昨日、言おうと思っていて言い忘れた」

「あ、いいえ」

「日和君」「日和さん」「日和ちゃん」――日和も社内では、たいがい苗字ではなく名前で呼ばれている。石屈という変わった特別な苗字だからか、それとも周囲には新人の卯月と大差ない存在と映っているからか……まあ、べつに日和はどちらでもよかった。考えてみれば、メイトでは最も切れ者の女性社員と言える滝沢成子のことも、「成子さん」と呼ぶ社員が結構いる。それが男女同権に反するだの セクハラに当たるだの……そういう問題にならないところが、メイトの社風であり、よさでもある気がした。わりとゆったりとしていて、和気靄々《わきあいあい》とした会社。家族的だが、空気も風通しもいい会社。

部長の寺脇が出社すると、朝の挨拶程度の簡単な朝礼となり、その後各自の業務が本格的にスタートする。寺脇が立ち上がり、定例のそれがはじまろうかという時、一係の広瀬《ひろせ》直一郎《なおいちろう》が飛び込んできた。

ぎりぎりセーフ、どうにか遅刻にならない時刻の出勤だ。寺脇は、ちらっとそちらに視線を動かしたが、べつに何も言わなかった。寺脇も、九時なら九時、九時三分なら九時三分と、毎日正確に時刻を決めて朝礼をはじめる訳ではない。時には九時前に立ち上がることもある。ただ日和は、寺脇の視線につられるように顔を出入口の方に向けたから、飛び込んできたのが直一郎だとわかったし、彼と目も合った。日和と目が合って、直一郎は、刹那《せつな》バツの悪そうな表情を見せると、すぐに視線を落とすように目を逸らした。日和が顔を振り向けたのは一瞬だ。それを見届けることもなく、日和も顔を前に戻していた。

広瀬直一郎——販促課一係の係長、日和の同期だ。同期は、男性が三名、女性が二名の計五名。女性一名はもう辞めてしまったから、今は四名。直一郎は、同じ商品部販売促進課の同期だけに、日和はある種の親しみを感じているのだが、どうも向こうはそうではないようだ。研修期間の時から、頭はいいが、少々気難しいところのある男だと思っていた。それが、八年目になっても変わらない。直一郎もまた、三十歳のお土産に係長の二文字をもらった新米係長だ。

「ねぐ……寝癖……」

短い朝礼が終わって席に着くと、笑いを押し殺しながら、卯月が日和に低声《こごえ》で囁いた。卯月の視線を追う。その先には直一郎の姿があった。

なるほど、寝癖だ。きっと寝坊をしたのだろう。頭頂から後頭部にかけて、直一郎の髪は、一部、角のように立っていた。髪質もあるのか、直一郎は時々そういうことがある。

「あれ、なかなか直らないんですよね」笑いを含んだ声で卯月が言った。「何とかあれを直そうとして、それで遅刻しかけたのかな」

「私と違って、あの人、遠いから」

卯月に応えて日和は言った。

会社は新宿にある。日和は家を出てから会社まで、朝も四十分あったら充分辿《たど》り着ける。一方、直一郎の家は千葉、たしか松戸《まつど》あたりのはずだった。いや、市原《いちはら》だったか。詳しいことは忘れたが、日和の倍近くは通勤時間がかかるのではなかろうか。

「おはようございまーす」

明るい声がした。声だけで成子だとわかった。課長の渡辺正明《わたなべまさあき》、或いは部長の寺脇に用事があって、上のフロアから降りてきたのだろう。広報部や企画室、役員室は上階の六階にある。

「うーん、商品部、販促課はいいわねえ。花がある。本物の花、人間の花」

成子は、カウンターの花に目を遣ってからそう言って、日和と卯月、二人に向かって、にっこりと笑いかけた。社交辞令の類《たぐい》の笑みだ。が、その目と顔は、「あなたたちも花よ」と言っていた。

「おはようございます」

日和も卯月も慌《あわ》てて笑顔を作り、声を揃えて言っていた。しかし、その間にも成子は歩みを寺脇に向かって進めていたから、日和たちの笑顔を見ていなかったかもしれない。

「井筒《いづつ》専務や寺脇部長に睨《にら》まれるより、成子さんに睨まれる方が怖い」

前に卯月が言っていたのを思い出す。ほかの女性社員でも、成子を怖がっている人間はいるし、男性社員のなかにも、「滝沢さんが一番シビア」などと言って、成子を恐れている人間がいる。けれども、足かけ八年勤めているが、日和にそうした印象は特になかった。たしかに成子は、厳しい顔、険しい表情をしている時もあれば、ピリピリしているように感じられる時もある。だからといって、ミスを論《あげつら》われたり怒鳴り散らされたり……日和は一度もそうした目に遭ったことがない。少なくとも成子は、自分の感情の昂《たかぶ》りやイライラから、八つ当たり的に部下をヒステリックに叱るような女性上司ではない。日和はそう思っている。だから、まわりが言うほど成子のことが怖くない。

「ああ、日和ちゃん、たまには六階の役員室にも顔だしてよ」

手短に寺脇との話を終えた成子が、去っていきがてら日和に言った。やはり笑顔だった。いいことがあったのか、今日はどうやら機嫌がいいらしい。

「日和ちゃんの顔見ると、井筒専務、和《なご》むから」

成子が言う。「日和さん」ではなく「日和ちゃん」、日和をそう呼ぶのも、機嫌のいい時だし、機嫌のいい証拠だ。

「あ、はい」

日和は一応返事をしたが、来た時同様、その時には手をひらひらと振って、もはや成子は後ろ姿を見せていた。まったく忙しい人だと思う。

「ふう」成子の姿がフロアから消えると、卯月が小さく息をついた。「どういうんだろうな、成子さんって、何か人に緊張強《し》いるんですよね」

「そうかしら。人にって、それ、ウーちゃんにとってじゃないの？」

「違いますよ。私だけじゃない。みんなそう言ってますもん。大きな声じゃ言えませんけど、あれはあのかたのマイナス点だと思うな」

成子の姿と気配がすっかり五階のフロアから消えたことで、これでようやく仕事に集中できるというように、卯月がひと息ついてから、真剣な面持《おもも》ちをしてパソコンに向かいはじめた。

卯月は、こういう世のなかだから、たとえ結婚しても、子供を産んでも、メイトは辞めない、仕事は手放さないと、前に日和に言っていた。かわいらしい分、一見、頼りなさそうに見えるが、卯月は自分の意思がはっきりしているし、思いのほか芯の強いところがある。

「私の理想は……日和さんだな。人当たりはふわっと柔らかいのに、仕事はきっちりこなすし、機転も利いて、まわりの人みんなに好かれてる。日和さんみたいな立ち位置で、メイトに勤め続けられていたら、私、しあわせだなあ」

「え？　私？」

思いがけない卯月の言葉に、きょとんとなったことを思い出す。

「目指すなら、やっぱり成子さんでしょう。だいたい私、ウーちゃんが言ってくれるほど、仕事ができる訳でもなければ機転が利く訳でもないわよ」

その時、日和は卯月に言った。すると、卯月はちょっと目を見開いて、半分お道化《どけ》るような顔をして日和に言った。

「あ、それ、自分が気づいてないだけ。前から思ってたんですけど、日和さん、奥床しいって言うか、自己評価低いですよ。日和さん、社内コンペでの評価も高いし、この間だって、ほら――」

言いながら卯月が目で指し示したのは、日和の同期、直一郎だった。

「広瀬さん？　広瀬さんがどうかした？」

「ほら、やっぱり覚えてない」卯月はやや顔をひしゃげさせた。「彼《か》の人の危機を、日和さんが機転を利かせて回避してあげたことがあったじゃありませんか」

目で指し示したり、「彼の人」「彼の君」と言ってみたり、なぜか卯月は直一郎を多少婉曲に指し示すところがある。

「そうだっけ？」

心持ち眉根を寄せ、唇を尖らせ気味にしながら日和は言った。

「そう、そう、そういうところ。自分じゃ意識してない。きっとそれがまわりの人に好かれるコツっていうか、ポイントなんだろうなあ、日和さん独特のキャラで。ところが、成子さんを目指しちゃうと、先に待っているのは孤独ってことになっちゃう。私、偉くなっても、孤独になるのは嫌ですもん」

成子が孤独かどうか……それは日和も成子でないからわからない。ただ、成子は末は役員、それもそう遠い未来ではないと言われている女性筆頭株だから、日和のようなお気楽な社員とは違う。部下に悩みを吐露《とろ》したり、愚痴をこぼしたりできないし、一人で考え、懊悩した果て、決断しなければならないことも多いだろう。そういうことからすれば、やはり孤独は孤独だ。

考えてみれば、日和も卯月と同じかもしれなかった。この先、結婚しても、子供を産んでも、メイトを辞めたくないと思っている。けれども、べつに成子のようになりたいと思ってはいない。今と似たり寄ったりの立場で仕事をしていられたら、言うことなしだ。それぐらい、メイトは日和にとって居心地のいい会社だし、今のポジションもまた居心地がよかった。

(私は成子さんと違って、全然切れ者じゃないし、きっと何年経っても今と似たり寄ったりよ)

ずっと勤め続けていたい——そう思える職場に恵まれたことを、日和はいまさらのように喜ばしく思っていた。

2

ＲＳＳという社名はあまり知られていないかもしれない。が、ワルツと言えば、知っている人も多いはずだ。ＲＳＳは、都内だと、ＪＲ中央線や京王線の幾つかの駅で、エキビル・ワルツを運営している会社だ。ワルツには必ずと言っていいほどはいっている書店やコーヒーショップ、雑貨店などが何店かあるが、メイトは昨年からそのなかの雑貨店「Ｌｉｄｄｅｌｌ's」に、メイトでもお洒落度に於いてはイチ押しと言える文具を置かせてもらうようになった。たとえば、本革製のロールペンケース、カラフルなキャンバス地のバッグインバッグ、アーティスティックなデザインと柄のマウスパッド、ヨーロピアンテイストのマスキングテープセット……。価格的には、千八百円から三千三百円ぐらいの商品が中心で、通常の品よりも高額なのだが、自分用のこだわり文具として、友人へのプレゼント用品として……これらの商品の売れ行きが好調で、個人客のみならず、雑誌社からの問い合わせも社に多くはいるようになってきた。好調な売れ行きの裏には、「Ｌｉｄｄｅｌｌ's」のショップブランドイメージも加わっていると思う。

「『Ｔｈｅ　ＢＵＮＧ』にも載りましたね、うちのバッグインバッグとマスキングテープセット。両方とも『Ｌｉｄｄｅｌｌｓ’』で火がついた商品ですよね」

今日のランチの時だ。卯月が日和に言った。帰りの中央線のなかで、日和はそんな卯月とのやりとりを思い出したりしていた。

「さすが日和さん、ワルツのなかでも『Ｌｉｄｄｅｌｌｓ’』に目をつけたあたりがナイス」

メイトでは、新商品のアイディアの社内コンペティションに加え、営業・販売に関するアイディアの社内コンペティションもある。「『Ｌｉｄｄｅｌｌｓ’』にぜひメイトの商品を」というアイディアをだしたのは、卯月が言った通り、日和だった。むろん、その先、「Ｌｉｄｄｅｌｌｓ’」に交渉してメイトの商品を食い込ませたのは、やり手男性営業マンだ。日和ではない。

「ここのところの成子さんのご機嫌のよさと井筒専務のご機嫌のよさは、そこからきているとか」

「目をつけたってほどじゃない。うちの近く、吉祥寺のエキビルにも『Ｌｉｄｄｅｌｌｓ’』があって、結構値の張る文具や小物が、どんどん売れているのを見ていたから」

卯月に応えて日和は言った。

エキビルというのは、帰宅の時刻や待ち合わせの時刻……時間的に案外忙《せわ》しないし、主として働いている人間が利用するところだから、衝動買いとまでは言わないが、つい財布の紐が緩んでしまう場所なのかもしれない。

「あれ、日和さんち、吉祥寺でしたっけ？」

「ううん、うちは三鷹。吉祥寺は隣駅」

「そうでしたね。３ＬＤＫにウォークインクローゼットのついた三鷹のマンション！　ああ、羨ましいなあ！」

「ウーちゃんは丸ノ内線の新高円寺でしょ？　会社まではウーちゃんの方が近いじゃない」

「うちはコーポに近いマンションで、しかもワンルームですもん」

そう言って、卯月がちょっと頬を膨らませていたのを思い出す。

メイトは、ほどよい落ち着きのあるいい会社だが、給料はよそに比べて特別いいとは言えない。たぶん平均か、平均をやや下回るぐらいだろう。三鷹でサンホークス連雀クラスのマンション、３ＬＤＫ＋ＢＣ、つまりは３ＬＤＫにビッグクローゼットつきの部屋となると、家賃は月に十七万か十八万、それに管理費が一、二万加わるといったところだ。部屋代だけで月二十万――ふつうだったら、とても日和に借りられるようなマンションの部屋ではない。

サンホークス連雀は、少々変わったマンションで、Eは分譲、Wは賃貸となっている。日和はE、分譲タイプの棟の住人だ。日和の実家は沼津《ぬまづ》にあって、今は飲食店と土産物屋を営んでいるが、元は地元の小さな乾物屋だ。べつに家が資産家で、親が日和のためにマンションを購入してくれたという訳ではない。だから、本来、日和は賃貸もだが、分譲となればますますもって、そこには住めるはずのない人間だった。

資産家なのは、父の壮助《そうすけ》の妹であり、日和の叔母である亜以子——いや、正確には、亜以子の夫である叔父の真名瀬正剛《まなせまさたけ》だ。正剛は、「真魚家《まなや》」「まなや」等の飲食店チェーンを経営するマナセの社長であり、実業家だ。日和の実家も、正剛の資金協力その他のテコ入れがあって、湿気《しけ》た乾物屋から「真魚家　沼津旭屋」を営むに至った。お蔭で、日和の弟の日向《ひゅうが》も本気で家業を継ぐ気になって、今は「真魚家　沼津旭屋」の仕事に精をだしている。日向は日和の年子の弟だが、店の経営も順調なことだし、恐らく来年あたり、かねてからの交際相手と結婚するつもりでいるのではないだろうか。大島真優《おおしままゆ》——日和も今年の正月に引き合わされた。互いの親兄弟に引き合わせているのだ。二人は、もう婚約者同士と言っていいだろう。

夫の正剛の影響か、はたまた亜以子にもともとそうした素養があったのか、亜以子はマナセの役員として、かたちのうえだけ名を連ねているのではなく、主として不動産部門の仕事に当たっている。新しく店をだすに好適な物件を探すのが一番の仕事だろうが、資産運用の目的から、土地やマンションを買ったりもしているようだ。サンホークス連雀がそのひとつで、日和が現在住んでいるE1403の部屋の実際の所有者は、叔母の真名瀬亜以子だった。1403と言っても、サンホークス連雀は高層マンションではない。七階建てのマンションだ。日和の部屋は四階にある。ただ、Wの部屋と混乱、間違いを防ぐため、Eには部屋番号の頭に1がつけられている。ちょっとした工夫だが、それで郵便物、宅配便等の誤配が避けられるという訳だ。賢いとまでは言わないが、必要だし意味ある工夫だと思う。

「あそこのマンション、私も気に入っているのよ。いずれは自分が住もうかと思ったりもしていて」亜以子は日和に言った。「そうなると、他人に貸すと何かと厄介だから、どう？　日和ちゃん、そこに住まない？　日和ちゃんなら、コミコミで十万……ううん、八万でいいわ」

かくして日和は、とびきり格安で、広くて快適なマンションの部屋での一人暮らしが許される身となった。まったくもってラッキーと言うしかない。

サンホークス連雀Wは、全室という訳ではないようだが、吉野志朗《よしのしろう》という男性がオーナーで、自分はEの方の七階、すなわち最上階の一番広い部屋に一家で住んでいる。吉野の家は、もともとこのあたりの土地持ちで、志朗は親から相続した土地に、サンホークス連雀を建てた。Ｅは分譲というかたちで手放したものの、やはり彼がオーナーみたいなものだ。正剛・亜以子夫婦は、志朗とはかねてからの知り合いで、それもあって、サンホークス連雀の部屋を購入することに決めたらしい。

「吉野さん、いい人よ。日和ちゃんも何かあった時は、吉野さんに相談したらいい。フットワーク軽いし、奥さんもいい人だし。それに、地元のことなら、あの人、たいがい何でも承知しているから」

亜以子が言っていたが、事実、志朗は好人物で、腕のいい歯医者を紹介してくれたり、古いパソコンやプリンタなどを市の産廃センターに車で持っていってくれたり……日和にも何かとよくしてくれている。オートロックで管理人もいれば、上階には頼れる親切なオーナー一家がでんと構えているマンション。日和もサンホークス連雀で暮らすようになってから、困ったことはもちろん、不安を感じるようなことも何ひとつなくなった。

快適な私生活を与えてくれたのが真名瀬の叔父と叔母ならば、公的生活、つまりはメイトでの職を与えてくれたのは、石屈の祖父の壮太郎《そうたろう》と叔父の亮太《りょうた》と言えた。父の壮助が長子で、次が亜以子、一番下が亮太——それが石屈三兄弟だ。

壮太郎は、青雲だか立身だかの志のあった人らしく、家業の乾物屋には収まらず、自分は東京に出て、知人らと文具の卸業をはじめた。それがメイトの前身だ。現社長の鍛治和《かじかず》成《なり》の父親は、壮太郎と同じメイト創業時のメンバーだと聞いている。壮太郎は長男の壮助にも、東京でメイトの仕事をするよう勧めたようだが、壮助は沼津での石屈の家業を継ぐことの方を選んだ。日和の目から見ても、父の壮助はのんびりしていて、都会での会社勤めには向いていない気がする。

一方、叔父の亮太は、美大の工業デザイン科を出たのち、一時期メイトに勤めていた。センスも商才もある人で、亮太の発案とデザインによる文具は、メイトのヒット商品となったし、インダストリアルデザイナーとして独立してからも、メイトの多くの製品のデザインを手がけている。それらはまた、メイトの売れ筋商品となっている。そうしたバックボーンがあったから、日和は就職活動に苦労することもなく、すんなりとメイトに入社することができた。これまたラッキーと言うしかない。

「日和はお嬢様だもんね。苦労がない。羨ましいわ、いいお家で」

大学の頃、就職活動に苦戦していた友人に言われた。お嬢様——その時は、自分ではまったくピンとこなかった。何せ実家は沼津のちっぽけな乾物屋だ。けれども、今になってみると思う。もともと資産家という訳ではないものの、幸いにして日和は、商才なりセンスなりのある人間を輩出する家柄に生まれたし、その恩恵に浴していることからすれば、やはりお嬢様はお嬢様なのかもしれない、と。

「え、石屈さん？　というと、もしかして石屈一族の？……」

今でも取引先の人間と名刺交換をして挨拶を交わすと、言われることがある。これが高橋や鈴木といった姓であったらべつだろうが、石屈という姓が珍しいこともあって、すぐに壮太郎や亮太に結びつくようだ。だから、石屈という姓は、メイトでは特別な意味も持っている。

石屈一族——言われると、連綿とした立派な家系図がある家でもなし、日和は実家の元のありようを承知しているだけに、些かたいそうな気がしないでもない。歴史は短い。が、壮太郎以降、亜以子が真名瀬というやり手実業家に嫁いだこともあって、石屈家は一族と呼ぶにふさわしいものになったのかもしれないと、日和も思うことがある。

「近頃は先細りになる一族が多いなか、石屈家は繁栄する一方の一族よね。そういう一族には何かひとつぐらい問題があったりするものだけど、石屈家はどうやらなさそうね。恵まれてる」

そう言ったのは、商品部の先輩、小野寺有希《おのでらゆき》だったと思う。

その時、日和はあえて何も口にしなかった。けれども、ひとつも問題がないという訳ではない。

母の江津子《えつこ》は、亜以子と小・中学校の同級生で、子供の頃から親友と言っていいほどの仲よしだったたし、「エッちゃん」「アイちゃん」……未だにその仲のよさに変わるところはない。その江津子が、よく「もったいない」と嘆いている。

「アイちゃんのところにも子供がいればねえ。自分一代で、あれだけ商売を大きくしたんだもの。正剛さんだって、できれば自分の子供に、事業や商売、それに財産を受け継がせたいでしょうに。どうしてできないところにはできないのかしらねえ。もったいない」

たしかに、真名瀬の叔父・叔母の間に子供ができなかったというのは、もったいない話だし、残念な話でもあった。しかし、そのお蔭でと言ったら語弊があるが、日和は亜以子にわが子のように可愛がってもらっている。日向もだ。

「私たち夫婦の子供は、『真魚家』や『まなや』……あちこちにある店と従業員」

強がりかもしれない。が、亜以子は言う。

「それに日和ちゃんや日向君。うちの人もおんなじ思いよ。ああ、それと理君《さとし》か」

理――加古川《かこがわ》理のことだ。マナセの店の建築設計に当たっている高砂《たかさご》建築設計の三男で、ずいぶん遠くはあるものの、真名瀬家と加古川家は縁戚にあり、大きな意味での同じ一族らしい。日和は正剛と亜以子から、理を紹介された。

「理君は、加古川三兄弟のなかでも、店の内装工事だとか、現場主体で動いているの。だから、私たちも現場で顔を合わせることが多くてね。理君も、一級建築士の資格を持っているのよ」

「彼は、口数は多くないけど、好青年だよ。信頼できる」

「そうね。理君は頭もいいし、性格もいいわね」

そんな前振りがあって引き合わされた。詰まるところ、あれは見合いだったのかと、呑気なことに、後になって日和は気がついた。

まだ誰も口にしていないし、もちろん日和も言っていない。でも、いずれは理が養子になるか、日和が養女になるか——そんな展開が待っている気がする。どちらが養子になろうとも、二人が結婚して真名瀬の姓を継げば同じこと。そうなれば、真名瀬の叔父と叔母は、片方はかろうじてかもしれないが、双方血のつながった人間を子供にできるし、孫ができればなおのこと、それは自分たちの血を引く孫という気持ちになることだろう。

(でも、結婚するかどうか……それはまだわからないし、今のところ、その可能性は薄いものね)

真名瀬家の事業、財産を受け継ぐというのは、それは言うまでもなく魅力的な話だ。でも、日和は亜以子のような才覚はない。マナセという会社を受け継ぐとなれば、妻の立場であろうとも、きっといろいろ苦労があるに違いない。それを背負っていく自信もない。

（このままがいいな）

日和は夕闇に包まれた通りを、自分の巣のあるサンホークス連雀に向かって歩きながら心で呟いていた。

（今のまんま、十年、二十年、何も変わらなかったら一番いいのに）

十年経てば四十になり、二十年経てば五十になる。むろん、そんなことは日和にもわかっている。けれども、歳をとることもなく、今の生活が続いていくこと——叶《かな》わぬ夢とは知りながらも、それが日和の本心からの望みだった。

そっとのぞいてみてごらん
そっとのぞいてみてごらん
………

日和の耳のなかで、またあのメロディが流れていた。

3

初夏の夕闇のなかの帰り道だ。考えごとをしながら、たゆたうようにマンションへと歩いてきたから、途中、空など見上げなかった。暗いから、見上げたところではっきりと空が見えるでもない。が、そろそろサンホークス連雀という時、ぴゅーっと冷たい風にショートカットの髪が巻き上げられ、その冷たい手でうなじを撫でられたのは感じていた。が、ぽつぽつと雨が落ちはじめたのは、そろそろマンションのポーチというところだった。だから、一枚目のガラスのドアをはいった時には、多少服に水玉ができてはいたが、やはりまた日和は、雨に濡れることはなかった。

(本当に今年は天気が読めない。またざんざん降りになるのかしら)

そんなことを思いながら、メールボックスを覗いた。が、なかは空っぽ、郵便物は何も届いていなかった。新聞はとっていないから、開けなくても覗いただけでわかる。

(何もなしか)

ちょっと小首を傾《かし》げながらも、二枚目のガラスのドアを開錠して、日和はエントランスへとはいった。

エレベータに乗り込んでから、改めて自分の服に雨が作った水玉模様を見て、思っていたよりも大粒の雨だったし、バッグも多少濡れていることに気がついた。いつかの土曜日のように、ひと粒の雨も身に受けずという訳にはいかなかった。とはいえ、服などかけておけばすぐに乾いてしまう程度のことだ。バッグもサンダルも、雑巾やタオルで拭くまでもない。雨に降られたとも濡れたとも言えない。

(私、やっぱり運がいいのかな)

部屋にはいりながら日和は思った。

「石屈さんは運がいい。……日頃の行ないがいいと言うべきですね」

管理人の増岡は言ったが、そういう類のことを、日和はよく人から言われる。「日和は運がいい」「日和は恵まれてる」「日和ちゃんはいい性格してる」「日和ちゃんは人柄がいいから」「日和さんはまわりの人みんなに好かれる」……ほかにも違った褒められ方をした記憶があるが、細かい文言までは覚えていない。それというのも、日和自身は、特別意識していないからだ。日和は、人からよく思われたいとか、いい思いがしたいとか……べつにそういうことを考えて、日頃行動している訳ではない。ただただふつうに振舞っているだけだし生活しているだけだ。どちらかと言うと、ぼうっとして生きている方に近い。

日和は、今の生活、今のありように、ほぼ全面的にと言っていいほど満足している。ただ、そう大きくはないけれど、唯一不満があるとしたら、それは自分自身に関してだった。あまりに当たり前で、ふつう過ぎる自分。個性といった個性がなく、何も突出、傑出したものがない自分。いい人と言われるばっかりで、何の面白みもない自分。

たとえば、叔父の亮太——もう五十五、六になるはずだが、会ってみると驚くぐらいに若くて溌剌《はつらつ》としている。デザイナーという職業柄、当然かもしれないが、着ているもの、身につけているものもお洒落だし、単に個性的であるのみならず、ところどころトレンディーな要素を取り入れている。それがまったくこれ見よがしでないところがまたいい。話し方も言葉の選び方も、日和の周囲にいる五十代の男性とはどこかちょっと違ってダンディーだ。たとえば、落ち着いた低めの声で、しかも内に幾許《いくばく》かの笑みを含みながら、「近頃、朝とは些か不仲でね、どちらかと言うと深夜と親しくしているよ」などと言う。

叔母の亜以子ももうじき還暦になろうかという年齢だが、物事の判断に迷いと狂いがないし、行動もいたって機敏だ。もともと美形ということもあるだろうが、瞳がきらきらとしていて、表情も豊かで、亜以子は魅力的な女性だ。とても「オバさん」とひと言では括《くく》れない。

(そう、あの人だって)

自分が今日、雨に降られかけたということもあるだろう。日和の脳裏に美馬可南子の姿が浮かんだ。肩より五センチから七センチほど短めのアシンメトリーにカットしたストレートヘア、鼻筋の通ったシャープな顔だち、澄んだ瞳、しっかりとした目つき……どういう人かは知らないが、見るだに彼女は個性的だ。着ているものも、すかっとしたパンツスーツのこともあれば、レース使いのドレッシーな服のこともあるが、どちらも似合っているということは、どういう服でも彼女が自分なりに上手に着こなしているからだろう。

　可南子は、W403の住人だ。恐らくEとWは、同じ造りだろうから、日和のところと同じ間取りの3LDK＋BCの部屋だろう。日和より五つかそこら歳上とはいえ、それを自分で借りているというのも凄い。

　一度、悪酔いをしたらしく、可南子がエントランスの手前、メールボックスのところで苦しげに蹲《うずくま》っていたので、日和は手を貸したことがあった。あれが可南子を知るに至ったきっかけだったかもしれない。可南子があれほどしたたか酔ったのも、それだけストレスの多い仕事、人間関係が複雑な仕事をしている証ではないか——その時、日和は思ったものだ。しかも、多少汚したものの始末はしたが、そうたいしたことをしてあげた訳ではないというのに、その翌々日だったか、日和のところのメールボックスに、お礼のメッセージカードに添えて、ランコムのジューシールージュがはいっていたのには驚くと同時に恐縮してしまった。日和の好きな淡いローズ系のジューシールージュで、可南子の趣味のよさが窺われた。それにジューシールージュなら、たとえ色が多少趣味に合わなくても、グロスとして使える。彼女ならではの細かい気遣いが感じられる品だった。

（頭の回転も速そうだけど、気働きもたいしたものよ、あの人は）

今日は、帰りにエキナカとエキビルで、惣菜を三種類と、美味しそうなパンを二つ三つ見繕《みつくろ》って買ってきた。飲み物は……飲みかけの白ワインが残っているのを思い出したので、特に買ってこなかった。

（今日は簡単、簡単）

冷蔵庫に入れるべき惣菜は冷蔵庫に入れ、シャワーを浴びてルームウェアに着替えたら、小海老のフライ、シーフードサラダなどをテーブルに並べ、ワインを飲みながら夕食にすることにした。タルタルソースも箸もついていることだし、大きめの取り皿とパン皿、グラス、それだけあればこと足りるし、後片づけも手間が要らずで楽ちんだ。

（あの人だって、充分個性はあるわよね）

シャワーを浴び終え、バスタオルでからだを拭きながら日和は思った。脳裏には、広瀬直一郎の顔が浮かんでいた。頭の後ろに角のような寝癖をつけた直一郎の顔だ。

直一郎は、気難しいところはあるが、頭はいい。たとえばパソコン。彼はシステム的なことも理解しているし、ある程度ならプログラミングもできるようだ。たぶん頭が理工系にできているのだろう。日和が苦手な数字にとにかく強い。だから余計に日和は、直一郎は頭がいいと思ったりする。ああいう人間は、商品部販促課のような対外的な側面のある部署ではなく、営業部マーケティング課の統計分析係とか、一日中パソコンと対峙していて、正確な数字を弾き出すことに専心することが第一というようなポジションが向いている。そこに置いたら、きっとその本領を存分に発揮するのではないか。寝癖や、同期の日和に対する愛想のない態度、先輩や上司との折り合いを見てもわかる。直一郎は対人向きではないのだ。悪気はないのだが、些か杓子定規で、人の気持ちをよくするような、うまいことが言えない。外交辞令が苦手なだけでなく、おべっか、お追従《ついしょう》の類となると、軽蔑している。そこが強いと言えば強いが、彼の駄目なところでもある。

(あの人は対人より対物……なんて言うと、自動車保険か自動車事故みたいだけど)

それでも、良くも悪くも、直一郎が日和よりも個性的であることは事実だ。新人の卯月にしても、単にかわいいだけでなく、人や人の顔色を見て、ものを言い分けるところがある。「あれ？　案外ちゃっかりしている」——卯月を見ていて、日和は思うことがある。そういう意味では、日和よりも癖があるし、我も個性も強いと言っていい気がする。

(六つ歳下、二十四歳の娘に負けてるようじゃ……)

子供の頃の呼び名、綽名《あだな》は「ヒヨ」「ピヨ」……未だにそう呼ぶ友だちが結構いる。親もそうだ。言うまでもなく、日和という名前からきた綽名だし、いやな呼ばれ方ではないものの、自分の子供っぽさ、個性のなさ、大人の女になりきれずにいるありよう……そうしたことの象徴のように思えて、情けなく思ったりしたこともある。だって、ヒヨコと言えば子供の象徴だし、ピヨピヨたくさん群れていたら、どれがどれだかわからない。メダカと同様、どれもおんなじ。

少し前までは、そんな自分の個性のなさに、もっとうんざりきていたものだ。当たり前と言うよりありきたり過ぎる自分。雑踏にいたら、たちまちのうちに人に紛《まぎ》れてしまう自分。どこまでいってもその他大勢。振り当てられる役柄はいつもいい人。いてもいなくてもどっちでもいい人。

でも、今は少し気持ちが違った。

日和は、何も変わっていない。変わることを望んでもいない。でも、変わったふりをすることはできる。それを覚えたし、日課とするようになったからだ。

現実において、変わったふりをしたり、これまでとは違う自分を演じたり……そのことによって周囲との間に無用な混乱や軋轢《あつれき》が生じることを、もちろん日和はまったく望んでいない。周囲との関係は、これまで通り良好な方がいいに決まっている。だったら、現実以外のところで、違う自分を演じたらいい。

Ｙａｈｏｏ！、Ｇｏｏｇｌｅなどに比べたら新興ではあるものの、ブログ、ＨＰ、ツイッターのポータルサイトとしては大手で、利用者数もいまやナンバーワンに迫ろうとしているＡＭＥ－ＮＥＴと言えば、パソコン、ケイタイを使う人であれば、もはや知らない人の方が少ないのではあるまいか。既成のサイトよりも、ブログ、HP、ツイッター……どれも画面操作がスムーズで、写真や画像のアップも楽だし融通が利いて、使い勝手がいいことで人気を得た。少し前まで日和は、そのAME‐NETで、「ピヨコの日々これ、好日？」というブログをやっていた。何ということのない自分の日常を淡々と綴ったもので、当初は、本当に自分の日記や記録代わりに……という思いではじめたことだった。が、徐々にそれでは面白くなくなった。アクセス数は少ないし、当然、ブログに対する誰かのコメントや「イイネ！」もほとんどつかない。ほぼ無反応。過去のブログを読み返してみて、そのあまりのつまらなさに、日和は自分でも眠たくなってしまった。

記録するためにやっているのだからと割り切れば、べつにそれでもいいのかもしれない。でも、だったらどうしてネットなのか。日記や手帳に書き込むなり、オフラインで自分のパソコンの日記に打ち込むなりしておけば、それでいいことだ。ネットでブログをアップしているのは、やはり誰かの反応を得たいからだし、関心なり共感なりを得たいからだと、日和も自分で認めない訳にはいかなかった。実際、サイトで人気のブログを覗いてみると、刺激的だし面白くて、日和もただ読んでいるだけではなく、コメントをつけたくなった。そして思った。ブログをやるならこうでなくっちゃ――。

シャワーを浴びたら、すぐに夕食にするつもりだった。けれども、日和は、バスローブを着ると、簡単に顔を化粧水と美容ジェルで整え、キッチンへは向かわずに、パソコンの置いてある南向きの洋室へと向かった。書斎——日和は子供の頃同様、そこを勉強部屋と呼んでいるが。エアコンをつけ、まずは立ったまま、パソコンのスイッチを入れて立ち上げる。

日和は、「ピヨコの日々これ、好日?」はもうやっていない。代わりに、同じAME‐NETで、「ヒヨコ女の毒舌ピヨピー」というブログをやりはじめた。そこでの日和は、現実の日和、日常の日和とはべつの日和——いや、ヒヨコ女のヒヨコだ。ヒヨタヒヨコ。

一度洗面所にフェイスタオルを取りに戻り、首筋のあたりの汗を拭いながら、遮光カーテンを引いた。暗いので、外の様子はもうはっきりとは見えなかったが、案の定、表は雨が降っているようだった。外の光が滲んで見えたし、そんな気配がした。大粒の雨が、地面を打ちつけている気配。

パソコンデスクの前の椅子に腰を下ろす。今日のブログのタイトルは決まった。『濡れる女・濡れない女』——。

〈雨女は男運がないけれど、晴れ男は金運がない——そんなことを書いていたのは誰だっけ? 本じゃなくて、何かのマンガで出てきた台詞《せりふ》だったっけな? 忘れたよ。ピー。

それはともかく、逆もまた真なりだとするとだね、雨女は金運があるってこと？　雨女に金運ねえ……ヒヨコは、それはちょっと無理って感じがするけどねえ。どうよ？

近頃の夏場多いよね、あのゲリラ豪雨ってやつ。ゲリラ豪雨ってネーミングもどうかと思うけど、今宵も当地はまたそのゲリラ豪雨ぢゃ。おー、降っとる、降っとる。外は雨ぢゃ、雨ぢゃ、大雨ぢゃ。

幸いにしてこのヒヨコ、雨が降りだす前に無事帰宅。ラッキー♪　これで何回ゲリラ豪雨を免れたかなあ。管理人さんにも言われちゃったもんね。「ヒヨコさんはいつも運がいいですね」って。ヒヨヒヨ。

前に書いたよね。同じマンションに住んでいる美形の牝馬チャンのこと。哀しいかな、彼女は数分違いで芯までずぶ濡れ。どうも牝馬チャン、運がないみたいね。お気の毒に。ピヨ～ン。え？　メスウマ？　違う、違う、ヒンバと読んでよお。

話戻って、要はやっぱり運なんだよね、運。ヒヨコ、男じゃないから、男のことはわかんない。だけど、女の場合は、ぜーってえそうだと思うなあ。

つまりですよ、晴れ女は男運もあるけど金運もある。そのほかの運も全般的に持っている。そういうもんじゃないのかねえ。

たとえばうちのママさん、カンペキ晴れ女なんだけど、男運も金運も……みーんな持ってる。どっさり持ってる。おまけに美人。言うことなしだね。ピッピピッピーヨコちゃん、残念ながら、ママさんほどきれいじゃないし、頭だってよくない。だから、ヒヨコの場合、目指すは「馬鹿勝ち」「勝ち逃げ」でござるな……ござる？　いや、猿はまずいな、ここはごピャるか。ま、どっちでもいいんだけど。

ん？　「馬鹿勝ち」って何かって？

ご自分の周りを見てみてくださいよ。「こいつ、馬鹿だな」「何も考えてないな」「全然気ィ遣ってないな」……そういう人間がいるでしょうよ。反対に、頭がよくて、気遣いがあって、神経細やかで……そういう人間もいるでしょう。比べてみてよ、どっちが得して、どっちが損してる？

前者の勝ちですよ、馬鹿の勝ち。下手に気持ちが優しくて神経細やかだと、背負わされるのは荷物と苦労ばっかし――それが今の世のなかってもんじゃございません？

ヒヨコは今のところ、「濡れない女」、晴れ女。運も持ってる♪　ヒヨヒヨ♪　そのまま「馬鹿勝ち」決め込んで、「勝ち逃げ」したい訳ですよ。ヒヨヒヨ。

そのコツも、ヒヨコ、ちょっとわかってきた気がするから、ちょびっとずつこのブログでご披露していくね。

本日は、まずはそのうちのひとつだけ、ご教示いたしましょう……ってエラそうだね、ヒヨコ（笑）。

その1
運の悪い人間には近づくべからず。
何となれば、風邪かインフルエンザみたいに、運の悪さが伝染《うつ》るから。

運の悪い人間って言ってもねえ……と思うかもね。どうやって見分けたらいいんだよ、って。
見分け方はいくつかあるんだけどさ、今日はその見分け方についても、ひとつだけご教示しんぜよう……って、またエラそうなんだよな、ヒヨコ（笑）。

その1の①　運の悪いヤツ
二、三分の違いで、雨に降られて、からだの芯までずぶ濡れになるような〝女〟。
本日の教訓、「雨女には注意しましょー」。
自称「濡れない女」、ヒヨタヒヨコ、お腹が空いてきたよー、ピー。
といった次第で、本日はこれにてサラバ♪　バイバイピー♪〉

そこまで書き終えると、日和はウィンドウを閉じ、パソコンをいったんシャットダウンした。

自分でも気づいていなかった。けれども、日和の顔には、薄いが満たされた笑みが、自然とほんわりと滲んでいた。

4

大きめの白いディッシュ一枚に、小海老やサラダなどの惣菜を少し間隔を空けて載せ、パン皿の端にはガーリックテイストでやや辛味のあるオリーブオイルを垂らす……そんなふうに自分なりに準備を整えてから、日和は夕食のテーブルに着いた。冷えたワインを飲みつつ、ナンのようなパンにはオリーブオイルをちょっとつけ、箸ではなくナイフとフォークでフライやサラダを口に運ぶ。フライにつけてもらった小袋のタルタルソースもよくできている。美味しい。

飲んでいるのは安ワインだし、いたって手間要らずの中食だ。それでもこうして食べると、ちょっとしたディナーという感じになるので悪くない。一人きりの優雅なディナー。

今日はテレビはつけずにCDをかけることにした。

(三鷹、エキナカやエキビルがまともになってくれてほんとによかった)

食べながら、日和は思った。おかしなもので、「何とか弁当」で買ってきたような惣菜だと、なかなかこうはいかない。多少割高になっても、エキナカやエキビルにはいっているレベルの店のものだからこそ、あしらい次第でそれらしくなる感じがした。優雅でくつろぎが得られ、しかもいざ片づけとなれば、十分あればこと足りる。言うことなしだ。特に夏場は、なるべく火は使いたくない。だから、日和は飽きるまで、こんな夕食を続けるつもりだった。

一人ぼっちの夕食は寂しくないか?――。

日和の場合、答えは「ノー」だ。人と夕食をとると、時間も取られる。自分はもう帰りたいからと、まさかさっさと勝手に席を立つ訳にはいかない。だからといって、地元の店での外食となると、女一人というのは、どういうものだか落ち着かない。たぶん、誰も注目している訳ではないのに、何だか自意識過剰になってしまうのだと思う。だったら、自分の部屋でテレビかDVDでも観ながら食べた方が、ずっとゆっくりできるしくつろげる。さすがに日和も、三百六十五日、常にひとりぼっちというのは嫌だ。けれども、会社勤めをしていれば、そういうことにはまずならない。

〈それにパソコン〉

日和は、自分なりのディナーを終えると、使った皿やグラスをさっさと洗いながら、心で呟いた。

もはや双方向性という言葉そのものが古びてしまったが、家にパソコン一台あれば、外の世界とつながれる。外の人間とつながれる。現実に人と相対していれば、嫌でも気を遣わざるを得ない。でも、ネットの場合はそれが無用だ。気を遣うことなく、外の世界や人間と接触できる。それこそバスローブ姿であろうが、すっぴんであろうがだ。

日和は片づけを終えると、また書斎のパソコンの前に腰を下ろした。まだそんなに日は経っていない気がしていた。けれども、読み返してみると、ブログを「ピヨコの日々これ、好日？」から「ヒヨコ女の毒舌ピヨピー」に変えてから、すでに三ヵ月以上が経っていた。

〈三ヵ月……もうそんなになるんだ。そうか。春先、まだ寒い頃にはじめたんだったものね〉

「ピヨコの――」の頃は、

〈東京から四日ほどふるさと沼津に戻り、実家で家族との年越しです。

うちの場合、大晦日の夕食は、決まってすき焼き。物心ついてからずっとです。考えてみれば、酒どころならぬ魚どころなのに、すき焼きでの年越しっていうのもおかしなものかもしれません。でも、魚どころだからこそ、大晦日ぐらいは肉ってことになるのかもしれません。

大晦日＝すき焼き、刷り込みというか、私のなかでは長年セットになっていたもので、よそのお宅もてっきりそうだと思っていましたし、未だに私は世間の大晦日のすき焼き率は高いんじゃないかと思っているんですけど……実際のところはどうなんでしょう。

皆さんのお宅では、大晦日に何を食べます？

………〉

といった感じのブログだった。で、翌日となると、

〈あけましておめでとうございます。

まあ、当然と言えば当然ですが、今年も無事明けまして、新しい年となりましたね。

お正月と言えば、お節。特別お節が好きな訳でも食べたい訳でもないのに、やっぱりお節なしというのでは恰好がつかない。おかしなものです。

うちも作りましたよ、今年もお節。家族で新年の挨拶かたがた乾杯をして、お節をつまみ、それからお雑煮……やっぱり元旦の定番ですね。

………〉

前日の続きみたいな内容となり、お節の中身を説明し、画像をアップ。

（これじゃあね）

日和は自分でも溜息半分に思うようだった。たまに心やさしい人が、「うちは大晦日は寄せ鍋です」とか、それなりに書き込んでくれたりしていたが、海の近くだけに大晦日に家族でマグロの解体ショーでもやるというのならともかく、単にすき焼き、お節だ。あまりに当たり前過ぎる内容だけに、盛り上がらないこと甚《はなは》だしかった。

残してあった「ピヨコの――」のブログを閉じ、日和は今のブログ、「ヒヨコ女の――」の方へと戻った。

『濡れる女・濡れない女』に、早くもコメントがついていた。

〈ヘル夫人

いますわねー、運の悪いかたって。

運の悪さが伝染るというのも、げに納得。でも、ヒヨコさん、伝染るのは、何も運の悪さだけじゃありません。貧乏も伝染りますわよー。

お互い、不運な女と貧乏な人間は避けて通りましょ。おお、怖。クワバラ、クワバラ。〉

〈イサク
タイトル、『濡れる女・濡れない女』を見て、違う想像をしてしまった僕は、とんだ下司《げす》野郎でしょうか。

男としては、「濡れる女」の方がいいんですが、ま、それはともかくとして……。

牝馬チャン、美形なんですよね？ 惜しいなあ。僕としては、「水も滴るいい女」という言葉を進呈したいような。

それにしても今日のタイトル、やっぱりひっかけだと思うなあ（笑）。〉

〈zigzag8
「雨女には注意しましょー」か。ウチ、ヤバイかも。どっちかっていうと雨女だし。
不運と貧乏は伝染する？ むむー、ますますヤバイわ。彼氏、プーだもの。
こういうバヤイ、どうしたらいいんでしょうねえ。溜息でちゃう。〉

〈イサク
その彼氏とは即刻別れましょう（笑）。

zigzag8さん、「勝ち馬に乗れ」ですよ。もしかしたら自分が不運かもしれないのなら、やっぱり強運で金持ちの彼氏をゲットしなくちゃ。
あれ、また馬？　どうも今日は僕、「濡れる女」の美形の牝馬チャンにこだわってるかも。〉

………

七つ八つついたコメントを読みながら、日和は自然に頬笑んでいた。今度は、ほんわりと言うより、にんまりと言った方がいいような笑みだった。反応を見て思った。今日、日和が振った話題は、まずまずだったようだ。明日は不運な人間の見分け方として、その1の②を書くのがいいかもしれない。
ママさん――これは実の母の江津子のことではなく、亜以子のことだ。今になってみると、ママさんではなくマダムと称した方が似つかわしかったような気もするが、ママさんはすでにブログに何度か登場しているので、いまさら変える訳にもいかない。
牝馬チャン――日和は可南子のことをそう書いた。が、もちろん彼女のことを馬だとは思っていないし、馬に似ているとも思っていない。ただ、美馬と、苗字に馬の字があるので、安直な発想で馬に譬《たと》えた。また、彼女のことを不運だとはまったく思っていないが、それでは面白くないので、いつも雨に降られる雨女役にして、そんな運のなさを背負ってもらった。

うまい嘘をつくにはコツがあると、前に誰かから教えてもらったことがある。

「半分は本当、半分は嘘。それがコツ。本当の割合は、もっと少なくしてもいいんだけどね」その誰かは言った。「事実がちゃんとはいっていないと、リアリティがでない。突っ込まれた時にボロがでる」

ゲリラ豪雨が降ったのは本当。日和が濡れなかったのも本当なら、数分違いで可南子がずぶ濡れになったのも本当。ただし、それはこの前の土曜日のことであって、今日ではないから、その点では嘘。でも、今日も日和は濡れなかった。それは本当。

そういうことからすると、日和はほぼ事実を書いていると言っていい。いつもそうだ。ただし、デフォルメしたりカリカチュアしたり……面白くする工夫はしている。そこらあたりは、やはり嘘の領域になるのかもしれない。可南子を不運な雨女、牝馬チャンにしたのも、そう決めつけたり馬に譬えたりしないと、毒舌ブログにはならず、ふつうの日記になってしまうからだ。

（さてと……）

日和は心持ち唇を尖らせて考えた。

(その1の②は、AKB48なんかを真似て、髪の毛ひと筋垂らしている女かな)

いまや国民的アイドルと言われるAKBを腐すのには勇気が要るが、日和はべつにAKBのことを悪く言おうとしている訳ではない。たいしてかわいくもないのに、AKBを真似ている女の子のことを腐すのだから、問題あるまい。

(何で不運と言えるのか……ザンネンって感じで、自己認識力がなーい。だいたい髪の毛ひと筋って、何か貧乏臭ーい。そういう理由づけでどうかしら。まあ、その1の②はそれで良しとして、次の③は……)

日和の脳裏に、自然と直一郎の顔が浮かんでいた。優秀なのに、ひねくれていて妙に頑なところがあるし、動揺したり狼狽《ろうばい》したりすると、もろに顔にでる。寝癖も一遍きりのことではない。あれも何とかならないものか。

思ってから、日和はわずかに眉根を寄せた。

(ん？　あの人があんな顔したの、いつだったたっけ？　何の時だったたっけ？)

そのうちに思い出した。

晴海で文具の見本市があった時だ。他社がIT関連、ハイテク文具系を多くだしているということで、メイトも、電子メモ・チェックメイトや、電子名刺ホルダー・写メイシメイトなど、来期発売予定のハイテク文具を、急遽出品することになった。会場から大慌てで商品を取りにきた営業部の柴田啓和《しばたひろかず》に取り揃えた商品を渡したのは直一郎だった。ところが、その商品が、行方不明になってしまった。柴田は、箱は受け取ったが、商品は受け取っていない。会場に着いて、しばらくしてから箱を開けると、中身は空だったと主張する。一方、直一郎は、ちゃんと確認して箱詰めにして、柴田に渡したと言う。水掛け論だ。

物は、鉛筆一本、消しゴム一個ではない。いや、それでも問題と言えば問題だが、それらは来期発売予定の新商品だ。もしも、それが丸ごと競合他社の手に渡ったら、機密と言えば少々大袈裟《おおげさ》だが、メイト独自の工夫や新しさ、オリジナリティが、奪われ失われてしまう可能性や危険性だってある。これには専務の井筒が顔色を変えた。まさに青鬼——。

「商品の受け渡しと受け取りがあったのなら、双方伝票が残っているだろうし、その内容がコンピュータに入力されているだろう」

悪いことは重なるもので、柴田がずいぶん急いでいたものだから、その時、直一郎は、きちんとした伝票を作成することを省いて、柴田から仮伝票にサインをもらった。直一郎も柴田も、仮伝票や控えは持っていた。けれども、それはあくまでも仮伝票であって、そこには商品番号が書かれていないから、それでは箱を受け取った証明にはなっても、商品を受け取った、或いは引き渡した証明にはならない。

柴田は堂々と中身は空だったと言い張る。空だったので出品できなかったし、自分はもう会場から離れることができず、大いに困ったと。

大事な商品だというのに、仮伝票で出してしまったという負い目があるからだろう。直一郎は、赤くなったり白くなったり……大いに狼狽《うろた》えたのち、「間違いなく渡しました」と小さく言って、時折憎むように柴田を睨むばかりだった。

「仮伝票での受け渡し。しかも、入力作業もしていない」至極苦々しげに井筒は直一郎に言った。「それでは追跡のしようがないね」

しかし、あの場合は仕方がなかった。とにかく柴田は急いでいたし、上の許可も得ていただけに強引でもあった。直一郎に細かく伝票を書いている余裕、品番を入力している余裕はなかったし、柴田は当日会場が閉まったのち、その日一度持ち帰るからと言って持って出た。けれども、翌日、見本市が終わるまで、柴田はそれをしなかった。それに、日和は見ていた。直一郎は商品をきちんと検品してから、チェックメイトと写メイシメイトを、それぞれ三台ずつ、リーフレット等を添えて梱包していた。その箱を、たしかに柴田は受け取っていた。

「あの場合は……仕方なかったと思います。それに、柴田さんは、商品をちゃんと受け取っていらっしゃいました」日和は言った。「まだ専用の箱がなかったので、広瀬さんがスペシャルデスクセットの箱にチェックメイトや写メイシメイトを入れているのを、私もこの目で見ていますし、柴田さんがその箱を持って出たのも見ています」

スペシャルデスクセットの箱――そのひと言で、形勢は逆転した。

スペシャルデスクセットの箱は、メイトで一般に使われている段ボール箱とは異なる。表面がつや紙でコーティングされた赤い箱だ。その箱のことを、その時、柴田も思い出したのだと思う。彼の顔から突然血の気が退《ひ》いた。

詰まるところ、柴田は後生大事に箱を車に積み込んだはいいが、一度会場に戻って場所を確保したりしてから箱を持ち込み、いざ開けるという段になって、車に積み込んであったべつの箱、通常の商品梱包用の箱を持ってきて開封した。すでに商品をだした後の空箱だ。それにどうしてガムテープが張られていたかは未だに謎だが、そんな話の顚末《てんまつ》だった。ならばチェックメイトなどの商品が納められている箱はどこにあるのか。商品はどこにあるのか。言うまでもなく、柴田が乗っている営業車のなかだ。そこのスペシャルデスクセットの箱のなか。

「すみません」

柴田は深々と頭を下げた。ただし、直一郎にではなく、井筒にだが。

「私の思い込みと失態です。本当に申し訳ありません」

「とにかくだ」井筒は言った。「今後、例外はなし。必ず両者で確認をして、伝票を取り交わしてから受け渡しをすること」

箱を間違えた柴田も悪いが、仮伝票で品を出した直一郎も悪い――かたちのうえでは、両者痛み分けだったが、これまでも仮伝票でのやりとりがあったことを思えば、非は柴田にある。井筒もそれを承知で言ったことだったと思う。

（ああ、ウーちゃんが言ってた、私が機転を利かせて彼の君の危機を回避しただの何だのっていうのは、あの時のことか……）

思ってから、日和はメモした。

〈その1の③

上司の前で、言うべきことをきちんと言えない、三十過ぎた寝癖男。〉

書いてから、ちょっと納得がいかないというように、軽く唇を引き結んだ。何だか少々長ったらしい感じがしたのだ。

（三十過ぎた寝癖男はいいとして……）

日和は頬杖を突いた。

ややしばらくしてから、日和は名案を思いついたというように目を輝かせ、メモに書き加えた。

〈三十過ぎた寝癖男、ショタきゅん。〉
ショタきゅん——その言葉の響きに、日和はひとり含み笑いを漏らしていた。

第二章

1

やっぱり夏は来るんだなあ——そんな思いで、窓の外の景色を眺め遣る。日の光の眩しいような白さと、それを照り返す緑の鮮やかさが、季節が紛れもない夏であること誇るみたいに告げていた。

地球温暖化が問題にされながらも、このところ、東京の冬は寒いし、春の訪れも遅い気がする。梅雨もかつての梅雨らしくなく、日によって寒暖の差が激しいし、降るとなったら、一気に土砂降り。それこそゲリラ豪雨だ。

ところが、「今年の夏はどうなるんだろう……」と思っていると、突然バリッと天が裂けて、緯度がいきなり南にずれたみたいに、どかんと真夏がやってくる。

（当面、暑そう……）

思いながらも、もともと日和は夏が嫌いでないし、夏野菜が美味しい時期だと思うと、苦痛でなかった。三鷹には、飲食店の人間も買いにくるような市場があるので、キュウリ、トマトといった夏野菜に加えて、クレソン、チャービル、コリアンダーといった香味野菜も手にはいる。それにこの夏は、香味野菜どころか、ひょっとすると車も手にはいるかもしれなかった。しかも、ただでだ。

昨日の晩、亜以子から電話があった。

「日和ちゃん、車要らない？」

唐突な亜以子の言葉に、日和はきょとんとなった。日和が「え？」と言いかけた時には、亜以子が早くも次の言葉を口にしていた。

「ホンダの軽だけど、ほとんど乗ってないやつ。色は青なんだけどさ。どう？」

「どうって言われても……」

日和も免許は持っている。沼津の実家に帰った時は運転もするし、車の運転は嫌いではない。ただ、車を買うほどの余裕というより、東京で車を持つだけの余裕がない。

「吉野さんに訊いたら、マンションの脇の駐車場が空いてるって言うし、日和ちゃんなら月額一万円で貸してくれるって。ああ、これは秘密よ。日和ちゃんだからの話で、吉野さん、ほかの人からは、倍のお金取っているんだから」

「え？　何、何？　何の話？」――言葉にはださなかったが、そんな気分だった。亜以子は何を言っているのか。オーナーの吉野？……もうそこまで話が進んでいるのか。泡を食うような心持ちだった。

よくよく聞いてみると、何かしらの事情があって、叔父の正剛が知人から新品に近い軽自動車を買い取ったらしい。買い取ったはいいが、これといって乗る人間が見当たらない。だから、それを日和に譲るという話だった。

「譲るって、新車みたいなものなんでしょ？　それをいくらでっていう話？」

日和は言った。

「日和ちゃんからお金は取れないでしょう。お金はいいわよ。ただ、駐車場代、保険料……経費は日和ちゃんに払ってもらうし、絶対事故は起こさないって条件つきでだけど。もしものことがあったら、叔母ちゃんも困るけど、沼津のお父さん、お母さんに申し訳が立たないもの」

日和は、今すぐに車がほしいとは思っていない。けれども、ホンダのＮ　ＢＯＸと聞いて、心が動いた。

「ホンダのＮ　ＢＯＸの青……もしかして、ルーフが白でツートンカラーになっているあれ？」

日和は亜以子に尋ねた。

「そうそう、それ。考えて、もしよかったら連絡ちょうだい。一ヵ月やそこらは、日和ちゃんからの連絡待ってるから」

マンションに車——真名瀬の叔父と叔母に、どんどん外濠《そとぼり》を埋められつつある気がしたが、やはり気持ちは浮き立った。もらうにしてももらわないにしても、車がただで手にはいるという話が舞い込んできたのだ。それも、軽とはいえ、日和が気に入っている車が。

（ふーう）

意味のない息を心のなかでついてから、日和は窓辺を離れた。意味のない息ではあったが、満足感に似たものを孕《はら》んだ吐息でもあった。

亜以子が正剛と結婚してくれてよかった。叔母夫婦が金満家でよかった。ツイている——日和は思った。何よりもその夫婦に気に入られていることが日和の強みだ。

（やっぱり私って運がいい）

「日和さん。日和さんって、彼氏、いるんですか」

前に卯月に訊かれた。その時、日和は、「まあ、いないこともないけど」と答えた。脳裏には、亜以子に引き合わされてから時々食事をするようになった、加古川理の顔が浮かんでいた。

三十だ。むろん、日和も恋愛経験がない訳ではない。だが、なぜかここ数年はさっぱりだ。社内や取引先に日和の心をそそるような男性社員は見当たらないし、言い寄ってくる男性社員もまたいない。友人から時々合コンの誘いはあるが、二度ほど参加したものの、今は断っている。これといった出逢いがなかったし、モテる人間は集中していて、何だか余計に自分が惨めに思える気がしたからだ。もしも亜以子が理を紹介してくれていなかったら、日和は卯月の問いかけに、もっと陰気な顔をして、「ううん」と首を小さく横に振っていたことだろう。

理とは、まだ恋人同士とは言えない。けれども、その候補であることは間違いないから、日和も「あーあ。今年もまた彼氏いない歴更新」などと、うなだれずに済んでいる。いまだ恋人同士になれないのは、たぶん、理があまりに紳士的すぎるからだ。この前会った時は、赤坂のスペイン料理の店に連れていってもらった。店の雰囲気もよかったし、料理も美味しかった。ワインもだ。理は終始穏《おだ》やかなにこやかさを欠かすことなく、日和と接してくれた。

「日和さんは、そういう柔らかい色合いの服が似合いますね」

「あ……私って、自分が霞んでいるっていうか、あんまり特徴がないもので。だから、派手な服を着ると、服に着られちゃうんです」

「あ、すみません。そういう意味ではなく……いえ、派手で華やかな服もお似合いになると思います。言い方が悪くてすみません」

褒めようとしてくれたことはわかっている。だから、べつに謝ることはない。なのに謝るから、かえって妙な気分になる。真面目すぎるのだ。日和に好意を持ってくれていることは、何となくだが感じている。だったら、スペイン料理を食べた後、ショットバーかどこかでもう一杯ということになってもいい気がする。それがない。その席で、次の約束を取りつけるようなこともしない。

「今夜はおつき合いいただいて、どうもありがとうございました。楽しかったです。あの、またお誘いしてもいいですか」

(お誘いして良いも悪いも……その気があるなら、いちいち訊くまでもなく、自分から積極的に誘えばいいのよ)

思いながら、パソコンの前に坐る。最近、土、日は、家事や近場での買い物などを済ませると、こうしてパソコンに向かっていることが多い。本音を言ってしまうと、理と会って食事をするより、部屋で自分なりの食事を済ませて、パソコンと対峙している方が楽しかったりする。

ママさん、パパさん、牝馬チャン、ピョンちゃん、シゲコ先輩、青鬼、ネグ坊・ショタきゅん、Mr.、Mrs.、お嬢、ヒヨ吉、バンビちゃん……日和のブログ、「ヒヨコ女の毒舌ピヨピー」の主要登場人物たちもずいぶん固まってきて、いつも日和のところにやってきている人間たちの間では、すでに馴染《なじ》みのキャラクターになりつつある。

因みに、ピョンちゃんは卯月、シゲコ先輩は成子のことだ。成子は「せいこ」と読むのが本当だが、そのまま書いてしまうのは気が退けるのでシゲコ先輩とした。青鬼はメイトでは強面《こわもて》の井筒専務。ネグ坊、ことショタきゅんは、直一郎のことだ。「ショタ」も「きゅん」もネットスラングで、ガキ男のことを指す。ガキ女の場合は「ショコ」や「たん」だ。たとえば日和なら、「日和たん」と書かれたら、ガキ扱いされていると思えばいい。「ショタ」や「ショコ」は、「捌《さば》けてないねえ。だからあいつはショタなんだよ」といった感じで使われることが多いみたいだ。

そして、Mr.とMrs.は、オーナーの吉野夫婦のこと。お嬢は、彼らの娘の楓《かえで》のことだ。たまには楓をもじって、紅葉、モミたんなどと書くこともある。ヒヨ吉は弟の日向のことで、バンビちゃんはヒヨ吉の彼女、大島真優のことだ。

『やっぱりイタイよ、一係ショタきゅん』——それが昨日のブログのタイトルだった。

〈今日もやってくれましたよ、一係ショタきゅん。参るなあ、このおひとには。本日、彼の君がしでかしてくれたことというのが、こんな馬鹿げたミスでして。

………

ザンネンなことだよねえ。ネグ坊、頭はいいのに、どうしてこういうポカをやるんだろう。ひとつことにのめり込み過ぎて、全体が見えなくなっちゃうのかね。

いいえ、ミスやポカは誰にでもあることですよ。それはこのヒヨコにしても同じでありんす。問題は、どうして自分のミスや落ち度を素直に認め、きちんと謝れないのかっていうことぢゃ。だから今日、部長もとうとうキレたんだよ。

おーい、ネグ坊、ピーだよ、ピー！　わかってんのかな、ほんとにもう。

ねえねえ、「ありがとう」や「すみません」が言えないって、ショタの証明みたいなもんだと思いません？　え？　男のプライド？　笑わせるなっての。プライドあるなら、まずはその寝癖を何とかせえと、ヒヨコは声を大にして言いたいね。

疲れるもんだよー、同じ職場にショタきゅんがいるのって。

………〉

途中、直一郎のミスの内容、部長の寺脇とのやりとりを、多少誇張したり脚色したりして書き、直一郎のショタぶりをネタにして披露したブログだ。

直一郎はネタにしやすいので、日和はこのところ何度か彼のことを書いている。たとえば、彼が本当は官公庁勤めを目指していて、上級公務員試験を受けたがそれに落ち、止《や》むなく知人のコネを頼って日和の勤めている会社に入社したこと。

実のところ、これはつい最近まで日和も知らなかったことだった。思いがけず、社内の情報に通じている卯月から、逆に日和は教えてもらった。

「彼の君、未だに上級公務員試験に落ちたのは何かの間違い、自分が官僚になれなかったのは何かの間違い——そう思っているんじゃないですかね」卯月は言った。「うちぐらいの緩い会社でもろくに勤まらない人間が、官僚になんかなれるはずがないじゃないですか。落ちて当然。なのに、どこかでうちの会社を馬鹿にしてる。結構、大勘違い男ですよ、あのかた」

それを聞いて、日和も腑に落ちたところがあった。官公庁に勤めるはずが、こんな中規模程度の文具会社になんか……そういう気持ちをいつまでも引きずっているから、直一郎は周囲の人間とうまくいかない。仕事でも、光ったところを見せられない。

〈要はショタきゅん、スネ男なんだよね。ネグ坊で、ショタきゅんで、スネ男……忙しいやつだよ、ほんと。しかもマイナス要因ばっかり。手に負えん。うちの会社に来たのもメイワクだけど、あれが役人、官僚になってたら、もっとみんながメイワクしたよ。そういうことからしたら、うちの会社が拾ってあげたのって、ちょっとしたボランティア？（笑）〉

日和は、そんなことを書いた覚えがある。

毒舌ブログだから、ボロクソに言っているし、疲れるとか手に負えないとか言っているが、実のところ、日和は、それほど直一郎のことを悪く思っていない。癖はあるが、そういう人間もいるだろうという程度の気持ちだ。ただ、同期であるだけに、つい注目してしまうところはあるし、もどかしく思うこともある。それだけだ。

（今日は何を書こうかな）

日和は目線を心持ち斜め上に上げながら、少しの間考えた。

（やっぱり車かな。ただで車が手にはいるって、あの話）

まだ亜以子から車をもらうと決めた訳ではない。値の張るものだし、一応両親とも相談しなければならない。了解も得ないといけない。だが、車をもらうということを前提としたブログを書くことにした。でなければ、面白くない。

(となると、タイトルは……)

また目線をやや斜め上に上げて考える。

(うん！『やっぱり勝ち逃げ一番、勝ち馬に乗れ！』――そんな感じのタイトルがいいな)

ここでの勝ち馬は、正剛と結婚して、財を得たし、自分でも財を築いた亜以子ということになる。

(叔母ちゃん、ごめんね。馬なんかに譬えたりして)

心で謝りながらも、日和の顔にはうっすらと笑みが滲んでいた。

職場でさんざんパソコンと向かい合っているというのに、家に帰ってきてからも、都合何時間も他人のブログを読んだり自分のブログを綴ったり……それのいったい何が楽しいのか？――日和も思うことがある。日和は、今の生活にほぼ満足しているし、恵まれていると思ってもいる。けれども、恵まれた優雅な一人暮らしも、日和本人が楽しんでいるだけでは、そこで完結してしまう。いわば自己完結だ。それではつまらない。かといって、会社の人間や友人にあからさまに話して、もしも自慢話のように受け取られでもしたら、それはそれで厄介だ。妬みを買えば、今の日和の恵まれた現実世界が壊れてしまう。だから、やっぱりネットしかなかった。リア充――リアルな現実生活も充実しているが、だからこそ日和の場合は、ヴァーチャルの世界も必要になる。そんなところだろうか。

(何か、パチンコにハマった主婦みたい)

パチンコなど、一、二度しかしたことがないのに、日和は思って、一度椅子から立ち上がった。朝、遅めに起きて、冷たいカフェ・オ・レを飲んだきりだ。そろそろ空腹感を覚えていた。タイトルは決まった。ブランチを食べてから、ブログを書けばいい。

立ち上がり、何気なくまた視線を窓の外に向けると、下りの中央線が目よりやや下の位置に駆け上がってくるのが見えた。

(そうだ。この話も書いたっけ)

この数年、隣の武蔵境《むさしさかい》駅で高架工事が行なわれているのは知っていた。それというのも、三鷹市と武蔵野市は入り組んでいて、日和が住んでいる三鷹市上連雀の西隣は武蔵野市で、武蔵境の駅までも歩いて十二、三分というところだからだ。武蔵境は駅前に食料品、衣料品、生活雑貨、書籍……と、何でも扱っている大型スーパーがあるので、散歩がてら買い物に行くことがある。だが、三鷹は車庫があるということもあって、地上駅のままだ。だから、高架のことは、あまり意識していなかった。

ところが、今まで見えなかった中央線の車輌が、ある日、突然南の窓から見えるようになった。ちょうどサンホークス連雀のあるあたりから、下りは高架へ駆け上がる感じになるのだ。だから、走る中央線の車輛が見えるのは、ほんのわずかの時間、たぶん十秒あるかないかだろう。けれども、これまで、樹木や建物で見えなかった走る中央線の車輛が、高架によって部屋にいても見えるようになったのは、やや感動だった。ポイント故障で中央線が運転を見合わせているというニュースが流れた日も、日和は窓から外を見ていた。たしかに、中央線は何時間かの間、姿を見せなかった。そして、車輛が姿を見せ、日和が自分の目で運転再開を知ったのは、テレビやラジオのニュースよりも早かった。

〈私の部屋からは、走る中央線の車輛がちらりと見えるのぢゃ。見えるようになったのは……二、三年前だったかな。ある日、突然のように、窓から見えるようになったのには、ヒヨコもびっくり！　それこそ、お目々ピヨピヨ！

そう、高架工事が進んで、中央線のラインが、宙に浮いたのよ。

最初は駆け上がる下りの車輛だけだったけど、いつからか下っていく上りの車輛も見えるようになってね。

牝馬チャンちは、西側の棟の同じ位置。牝馬チャンも、ヒヨコとおんなじ風景、走る中央線を見てるのかな。いや、牝馬チャンの方が、ほんの少しだけ長い時間、走る車輛を見てるかも。と言っても、一、二秒のことだけどね。牝馬チャンも最初はヒヒーンと驚いたかもな。

……〉

日和は、そんなようなブログを書いた記憶がある。

日和は今も、ほぼ事実を綴っている。脚色がふえたり、デフォルメが進んだり、毒舌に拍車がかかったり……そういう部分は多少ある。そういう意味では、いくらか嘘の領域が広がったかもしれない。だが、だからこそそのヴァーチャルだしブログだという気がした。いわばサービスだ。まるでエンタテイメント性がなかったら、誰も続けて読んでくれない。反応もしてくれない。それは「ピヨコの——」の時でよくわかっている。

(それじゃ、書いてるこっちもつまらないもんね)

日和は冷蔵庫を開け、卵とベーコン、それに野菜室からトマトとレタスを取り出しながら、心で小さく呟いた。

(嘘も方便……ちょっと違うか)

どうあれ、ブログでヒヨコがぶつくさ悪態をついている分には、誰も傷つけることはない。日和もまた、人間関係の軋轢《あつれき》によって、神経をすり減らすことはない。ネットとはそういう場だ。

「あっ！」

思わず日和は声を上げた。レンジ脇の調理スペースにちょっと置いた卵が、なぜだか勝手にころりと転がって、床に落ちてパチッと割れた。ままあること――そう言えばそれまでだが、割れた卵を見てみると、黄身が二つ、近頃では珍しい双子だった。そのことに、ほんのちょっぴりだけ禍々《まがまが》しさを覚える。

（そんなことない。昔は双子だったら「当たり！」なんて言ったものだもんね。だけど、余計な仕事をふやしちゃった）

唇をほんの少しへの字にしながら、まずは殻を拾い、それからキッチンタオルで卵の黄身と白身を摑み取る。床を拭くのに、洗面所に雑巾《ぞうきん》を取りにいこうと立ち上がった時だ。日和はぎくりとなって固まった。部屋に、自分以外の誰かがいる――そんな気配を感じたからだった。

（え？　誰？）

が、違った。それは、南の窓から射し込んできた光が作った、日和自身の影だった。

（やだ、私？　私の影？）

日和は、苦笑を漏らしながらも、心の端で思っていた。だけど今までこんなところに、影なんてできたかなあ――。

お腹が空いた。カリカリに焼いたベーコンにスクランブルエッグ、トマトとレタスのサラダには、近頃お気に入りのソルティレモンのドレッシング、そしてごく軽く炙《あぶ》ったチーズバタール……そんなブランチを、早くゆったり腰を下ろして食べたかった。

(コーヒー、淹《い》れよう。今度は温かいコーヒー)

日和は、卵が転げ落ちて割れたことも、一瞬自分の影に脅えたことも、すべて忘れたかのように、簡易でそれなりなブランチ作りに勤《いそ》しみはじめた。

2

会社から帰って、マンションの一枚目のドアの内側にあるメールボックスを覗く。

(またはずれ……今日も空っぽだ)

日和は心で呟きながら小首を傾げた。

前にも「あれ」と思って小首を傾げた覚えがある。あの時は、さほど変だと思わなかったし、その後もあんまり気にしていなかった。メールボックスが常に空っぽという訳ではなく、通販カタログや多少のダイレクトメールは届いていたからだ。ただ、郵便物が多少減ったな、という感じはしていた。

だが、今日は、日和は訝《いぶか》しげに顔を曇らせ、少し唇を尖らせていた。

最近は、メールでのやりとりがほとんどで、友人、知人と郵便でやりとりをするのは、年賀状と何通かの暑中見舞い、それにバースデーカードがせいぜいで、物となれば宅配便で送る。したがって、日常、日和のもとに届くのも、通販カタログやダイレクトメール、それにカード支払いの明細、公共料金の領収証、金融機関からのお報せ……大半はその種のものだ。メールボックスに郵便物がはいっていないからといって、とりたてて困ることはない。とはいえ、それにしても空っぽが多すぎる気がした。それに昨日、沼津にいる母の江津子から電話があった。用件は、叔父の亮太のパーティーのことだった。

「ヒヨちゃん、亮太叔父さんのパーティーの出欠の返事、まだしていないんだって？　昨日、亮太さんからべつの用事で電話があったんだけど、どうしたんだろうって言ってたわよ」

三年連続、インダストリアルデザイン部門でゴールドデザイン賞獲得。加えて、これまでの作品をまとめた写真集の出版。それを祝ってパーティーが開かれることは、亮太とは関わりの深いメイトに勤めているだけに、もちろん日和も知っていた。高輪のホテルで催されるパーティーには、メイトからは社長の鍛冶、専務の井筒、それに次期取締役候補の成子が出席する。日和のところに招待状が来ないのは、いかに親族、姪とはいえ、メイトでの日和のポジションや周囲との兼ね合いを考えてのこと――日和は勝手にそう思っていた。取締役クラスが出席するパーティーに、ほぼ平に近い社員が一人混じるというのも妙なものだと思ったからだ。

が、亮太は、日和にも、個人的に招待状を送ったと言っているという。

「招待状？　そんなの、うちには届いていないけど」

日和は電話の向こうの江津子に言った。

「あなた、要らない郵便物と一緒に捨てちゃったんじゃないの」

「まさか」

「いずれにしても、亮太叔父さんに電話入れて。出席であれ欠席であれ、人数が確定しないと困るかもしれないから」

「わかった」

そう言って江津子との電話を終えてから、日和は最近届いた郵便物を掘り返すみたいに見直した。けれども、やはり亮太からの招待状は届いていなかった。よく見てみると、届いているのは、業者は違えど、どれも今流行《はや》りのメール便で、郵便物と言えるものは一通もなかった。通販カタログも、郵便物ではなくメール便で届いていた。たぶんその方が、安上がりだからだろう。

（あれえ……郵便物が一通もない）

そう言えば、家の留守電に、日和が使っているカード会社から、奇妙なメッセージがはいっていたことを思い出した。

「わたくし、ＪＣＣカード事務センターの武内《たけうち》と申します。突然のご連絡で失礼いたします。お客さま、近頃ご転居されたなど、お届けのご住所がお変わりになったというようなことはおありでしょうか。もしそのようなことがございましたら、わたくし、武内にご連絡いただきたく、お電話差し上げた次第でございます。もし、ご住所に変更がおありということであれば、変更手続きの書類をお送りさせていただきますので、ご面倒ながら、それに必要事項をご記入いただき、ご捺印のうえ、ご返送願えればと存じます。事務センターの電話番号を申し上げておきますと……」

そのメッセージを聞いた時、日和は、「この人は何を言っているのだろう」と、少しばかり呆れる思いで眉根を寄せたものだった。転居したのであれば、たいがい電話番号も変わっている。なのに、登録してある電話番号にかけてきて、「ご転居された」もないものだと思ったからだ。

だが、郵便物が一通も届いていないことからしても、あの電話がそれと関わりのあることであった可能性は高い。留守電の内容を聞き直し、事務センターの武内とかいう女性にすぐにでも問い合わせたいところだったが、留守録はすでに消去してしまったのでそれもできない。

(まあ、番号は、ネットで調べればわかるだろうけど)

思ったが、日和はまずは亮太に電話を入れた。そちらを優先すべきだと考えたからだ。

「あれ？　招待状、日和ちゃんのところに届いてなかった？　おかしいな」亮太は言った。

「もしもこちらで住所を間違えたのなら、宛先人不明で事務所に戻ってきているはずだけど、そういうこともなかったから、てっきり届いているとばかり思っていたよ」

日和は、朗《ほが》らかに「パーティーには喜んで出席させていただきますので」と伝え、亮太と少し話をしてから電話を切った。話をしている時はともかく、電話を切った途端、日和はほんの少し前の朗らかで晴れた顔や声とは裏腹に、再び顔を鈍く曇らせていた。

(やっぱり変だ。今日も郵便物は何もなし……)

いよいよ日和も、自分宛の郵便物に、間違いなり行き違いなり手違いなり……何かがあったと思わない訳にいかなかった。何か——よくはわからないが、その何かの中身が問題だった。

(抜き取り……ひょっとして郵便物の抜き取り？)

日和の頭に真っ先に浮かんだのがそれだった。メールボックスは、二枚あるガラスドアの間にある。すなわち、オートロックではない部分だ。ダイヤル式で鍵はかかるようになっているが、開ける時に面倒だから、日和はこれまで鍵をかけたことはなかった。日和の友人にも、ストーカー紛いの男に、郵便物を抜き取られるという被害に遭った女性がいる。今は、そんな時代だ。

そこに思い至ると、これまでさほど変だとは思わず、ずっと放置してきたことも忘れたように、日和は会社から帰ったままの恰好で部屋を出て、一階へと降りていた。

「すみませーん」

管理人室の窓口から、なかの増岡に声をかける。

「ああ、石屈さん」奥から現れた増岡が、日和にいつものにこやかな笑顔を見せた。「こんばんは。どうかなさいましたか」

「こんばんは。――あの、妙なことをお伺いするようで恐縮なんですが、近頃このマンションで、郵便物の抜き取りとか……そういう話、耳になさったこと、おありですか」

「郵便物の抜き取り?」増岡が顔から笑みを消して言った。「いえ、そんな話はどなたからも……。でも、どうしてです?」

「私のところ、どうも郵便局を経由してくる郵便物が、ポストのなかにはいってないみたいなんです。それも一ヵ月か二ヵ月ぐらいもの間ずーっと」

「郵便局を経由してくる郵便物？　郵便物なら、郵便局を経由してくるのがふつうでしょ」

「あ、いえ、ほかの郵便物……たとえば宅配業者のやっているメール便などは届いているみたいなので」

「ああ、そういうことですか」増岡は、一応納得したように頷いて見せたが、ちょっと険《けわ》しげな顔つきを覗かせてもいた。「ですがね、石屈さん、抜き取りだとか何だとか、そういうことはここではあり得ないと思いますよ。管理人とはいえ、私もいつもメールボックスのあたりを見張っている訳ではありませんが、ここは私が駐在している時間が長いですし、監視カメラだってありますす。その内容は、定期的にチェックしていますし。もしも外からちょくちょくはいってきてメールボックスのあたりをうろうろしている人間がいれば、ビデオをチェックしている段階で気がつきます。万が一、このマンションに住んでいるどなたかが、べつの部屋のメールボックスの前で何かしていても気がつきます。そういう人間は、どうしても挙動不審な動きをしますからね」

「………」

「石屈さんのお話からすると、どうやら日常的なお話みたいじゃないですか。それも一ヵ月とか二ヵ月とか。そんなに長い期間頻繁にということであればなおのこと、私がそれに気がつかない訳がありませんよ」

たしかに増岡の言う通りだった。

「それに、石屈さんのお話をお聞きすると、メール便の方は抜き取られていないご様子だ。他人のメールボックスからなかのものを抜き取るのに、郵便かメール便か、悠長にその選別はしていられないと思いますよ。それこそ私の目に止まる」

筋が通っている。そこまで詰められるとぐうの音《ね》もでなかった。実際、増岡の言う通り、メールボックスから郵便局を経由してきたものだけを抜き取るというのは手間だし、時間もかかって人目につく。不自然でもある。

「石屈さん、メールボックスに鍵をかけていないんですか」

「ええ……」

「それは若い娘さんとしては、感心しないなあ。まずは自己防衛をしっかりしないと」

「すみません。私ったら、本当におかしなことをお伺いして、大変失礼いたしました。どうも申し訳ありません」

日和はそう言って頭を下げた。かたちだけではない、心から申し訳ないことをしたと思ってのことだった。けれども、増岡は、心外といった顔をもとの笑顔に戻すことなく、「ま、どうもお疲れさまで……」と尻すぼみに言いながら、管理人室の奥へと戻っていってしまった。

（まずい。失敗しちゃった……）

そんな思いを抱きながら、心で舌打ちをしつつ四階の自分の部屋に戻る。日和にそんなつもりはさらさらなかった。増岡とは日頃から言葉を交わしているし、関係性も良好と言えるので、増岡に訊いてみるのが手っ取り早いし、何か手がかりが得られるかもしれないと、そう単純に考えただけだ。

けれども、それは日和の側の理屈だ。しかも安易な発想だ。増岡の側にしてみれば、まるで日和に道理なく自分の職務怠慢を疑われた気分だったかもしれない。きっとそうだろう。それゆえ、増岡にしては珍しく、険しい顔を見せたし、別れる際もその不機嫌な色を顔から消し去ることがなかった。

（そういうつもりじゃなかったんだけどな）

後悔先に立たず、だ。菓子折というのも大袈裟だ。増岡には、そのうちメイトの文具でも持って、詫びにいくとしよう。増岡には、前にもメイトの文具をあげたことがある。その後会った時、重宝していると相好を崩していたのを思い出す。

だが、まあ悪いことばかりではない。日和は、半分意識的にそう考えた。なぜなら、増岡と話したことで、日和にも整理できた部分があるからだ。問題は、郵便物のみに起きている。ということは、抜き取りではなく、郵便局側の間違い、手違いという可能性が高い。郵便局——今は、ＪＰと言うのが正しかったか。

（間違いだか手違いだか知らないけど、問題はＪＰだか郵便局だかにある。それははっきりしたわ）

夜の八時過ぎ、もう郵便局はやっていない。いずれにしても、問い合わせるのは明日の仕事だ。

（あーあ。何だか今日はブログを更新する気にもなれないな）

日和は湿った呟きを心で漏らすと、テーブルの上に置いたままになっていた惣菜店の袋から、冷製のミニパスタをだして冷蔵庫にしまった。ほかにはカニクリームコロッケがひとつ。野菜は買ってあるので、卵を茹でて、夏野菜のサラダは自分で作ろうと思っていたのだが、俄然面倒になった。まずはシャワーで汗を流してからどうするか決めようと思った。

ブログを更新する気にもなれなければ、簡単なサラダを作る気にもなれなかったのは、何も郵便物の問題、それに増岡に尋ねたことで気まずい感じになったからばかりではない。ツイていないという言葉は使いたくないので、それは避けたが、今日という日は、どうもいわゆるマイ・デーではない気がしたからだ。

今日、午後一番で課の会議があった。それは事前からわかっていたことだし、その会議の資料作成に当たったのは日和だ。昨日のうちに仕上げてプリントアウトして、課長の分を含めた十九部を用意しておいた。ところが、昼休み近くなってデスクの書類用のロッカータイプの抽斗《ひきだし》を開けたところ、それを納めたグリーンのドキュメントケースが見当たらない。

「あれ？　ねえねえ、ウーちゃん、昨日、私、会議の資料をここに入れたわよね？」

前日、ページ確認をして綴じる作業を卯月に手伝ってもらったので、日和は卯月に訊いてみた。

「ええ。たしかに日和さん、そこに入れてましたよ。グリーンのドキュメントケースに入れてから」

「そうよね。なのに、ないのよ。おかしいなあ」

「日和さん、気が早いから、昨日のうちに第一会議室の方に持っていったんじゃないですか」

「まさか」

販促課の会議は午後一番だ。午前中はほかの部署の人間が会議室を使うかもしれないから、そんな気早いことはしていない。

「じゃあ、やっぱりその抽斗だ。よく見てくださいよ。きっとありますから」

「それが、いくら見てもないのよ」

「ないって……」

「困ったな。こうなったら、もう一度プリントアウトして綴じるしかないか」

「えっ、また？」卯月が鼻の付け根に皺を寄せた。「あれって、結構枚数あったし……」

たぶん卯月も、また手伝わされるのでは二度手間だし鬱陶《うっとう》しいと思ったのだろう。そういう思いが顔にでていた。

もう一度、デスクまわりをよく探してみて、それで見つからなければ、昼休みを献上して、自分一人でやるしかない——そう覚悟して冷静に探したが、やはりグリーンのドキュメントケースはどこにも見当たらない。当然、資料もでてこない。

（やれやれだ……）

諦めてパソコンに向かったが、こういう時に限って、パソコンが重たい。さっさと作業をしない。いや、それは今日にはじまったことではなかった。十日ほど前から、どうも動作状況が悪くなっているのを感じていた。会社のシステムの人間が、アンダーグラウンドで何か作業をしているのかと思っていたが、そうでもないらしい。どうやら重たくなっているのは、日和のパソコンだけのようだった。

（あーあ。こんなことだったら、昨日のうちに、システムの誰かに見てもらっておけばよかった。でも、昨日は資料を作るのに忙しかったしな）

心で溜息交じりに愚痴りながらパソコン画面を睨んでいると、「はい」と脇から卯月の声がして、日和のデスクにどさっとグリーンのドキュメントケースが置かれた。

「あっ。あったの？　わあ、助かった！　で、どこにあったの？」

「ロッカールームですよ」

「えっ、ロッカールーム？　女性のロッカールームに？」

「そうですよ。私、朝、出社してきた時、何か妙な感じがしたんですよね。見覚えのあるものが、端っこのロッカーの上に載っかっているような……。今、ひょっとしてあれかと思って見にいったんです。そうしたら案の定」

「だけど、どうしてロッカールームなんかに……」

「それは日和さんが、帰りにロッカールームに持ち込んだからでしょう？」

「私が？」

「だって、ほかに考えられないじゃないですか。つい持っていってしまって、着替えた後、そこに置いたまま忘れていたのを、誰かが邪魔だから端っこのロッカーの上に置いた――そんなところじゃないですか」

触っていない。

日和にそんな記憶はない。ドキュメントケースは、書類用の抽斗に立てて入れた。以降、納得がいかなかったが、ここは資料が見つかったことをまずは喜び、それで良しとするしかなかった。

「ありがとう。とにかく見つかってよかった。さすがウーちゃん、感謝、感謝」

「本当に感謝してます？」

ちょっと悪戯《いたずら》っぽい表情をして、卯月が上目遣いに日和を見た。

「もちろん」

「じゃあ、今度、帰りに一杯奢《おご》ってください」

言ってから、卯月が笑顔でウインクした。

「わかったわ」

ちゃっかりしているな、と思いながらも、日和は笑顔で頷いてみせた。

大事にも小事にも至らなかったが、会社でも、探し物などというつまらないことに時間を取られて躓《つまず》いたし、慌てもした。会議中も、それにしてもどうしてロッカールームなんかに移動していたのだろうと、つい考えてしまって、途中、課長の渡辺から、「日和君、聞いてる？」と、注意されてしまった。実際、今日の会議の内容は、半分ぐらいしか頭にはいっていない。

(私がロッカールームに持っていった？　そんな馬鹿な)

シャワーを浴びながら日和は思った。

帰り際までやっていた作業ではある。だからといって、作成し終わり、いったんデスクの抽斗に納めたものを、どうしてロッカールームに持っていかねばならないのか。もしもロッカールームで手にしていることに気がついたら、然るべき場所に戻しにくる。着替える前にそこに置いたりしない。

(郵便もねえ……どうなっちゃってるんだろう？　明日、郵便局に問い合わせてみなくちゃ)

ほかにも仕事はある。パソコンだ。会議が終わった後も、どうも動作状況が重くて仕事が思うように捗《はかど》らなかった。まさかワームやウイルスということはあるまいが、日和のパソコンのなかで何かエラーが起きている。だから、ああも重たくなったのではないか。

(システムの榎戸《えのきど》さんにでも見てもらわないと……)

榎戸正己《まさみ》、システム部では若手ナンバーワンのトラブルシューターだ。榎戸が来てくれたら、もう問題は解決したと言っていい。それだけに、榎戸はお招《よ》びが多くて忙しい。能力がある人間だし、周囲が評価しているのみならず、彼自身もそれを自負しているだけに、

「ＳＯＳ」を発して招ぶと、決まってひと言かふた言は厭味を言われる。

「この程度のこと？　だったら、自分で何とかできるんじゃない？何年パソコンいじってるの？」

「自分でたまにはクリーンナップすることを覚えないと」

「やれやれ。何でこういう使い方するかなあ」

………

いかにも理工系といった感じでサイボーグのような榎戸の顔、それも仏頂面を思い浮かべると、自然と気持ちがへこんだが、そんなことも言っていられない。

変なことが起きる。何かツイてない感じ——思いかけてから、慌てて日和は首を横に振った。

(そんなことはない。私は運のいい女。たまたま今日がマイ・デーじゃなかっただけ。ちょっとおかしなことが重なっただけ)

髪の水気を拭いながら、日和は自分に言い聞かせるように、心のなかで呟いていた。

(そうだ。こういう時は、誰かを家に招待してご馳走したり、誰かに物をあげたりするといいって、風水の本に書いてあったっけ)

譬えは悪いが、通夜振る舞いとおんなじだ。人にご馳走したり物をあげることで、穢《けが》れや厄《やく》も少し持っていってもらう――。

「あー、日和さん。こんにちはー」

吉野の娘の楓が、白くて小さめの顔に、笑みの花を咲かせて声をかけてきた時のことが思い出された。高校生――いかにもいまどきの若い女の子らしく、顎が細くて整った顔だちをしている。手脚も長いしスタイルがいい。楓はまた、お洒落な女の子でもある。日和も持っていないようなブランドのバッグを、ふつうにふだん使っていたりする。たとえば、ヴィトンのデニムのバッグ。まあ、吉野夫婦が一人娘の楓をことのほかかわいがっているし、家がお金持ちということもあるだろうが。

「この間は、メイトのレターセットと文庫カバー、どうもありがとうございましたー。あの文庫カバー、すごくかわいいって、みんなが。とってもお洒落だって。レターセットも、使うのがもったいないぐらい素敵だったー」

「ほんと？　気に入ってもらえてよかった。だったら、また何か見繕ってプレゼントするね」

その時、日和は、そう返した覚えがある。

「あ、いえいえ、そんな」

楓は慌てたような顔をして首を横に振った。その様子が、楓に残る幼さを窺わせるようで、何だかかわいかったのを覚えている。

「いいのよ。うちは売るほど文具があるんだから。……っていうか、本当に文具を売ってる会社だから」

そこで、二人で「うふふ」と声を合わせて笑ったものだった。

(ここは、何か楓ちゃんに新しくて洒落た文具でもあげて……)

日和はぼんやりと、ノット・マイ・デーを、マイ・デーに回復させる策を考えていた。

3

やっぱりパソコンの動きが異様に重たい。それだけに、何をするにもこれまでの二倍近い時間がかかり、思うように仕事が捗らない。単に時間がかかるだけではない。これまたもはや古びた感じのする言葉だが、テクノストレス——パソコン等のトラブルは、思いの外、神経に応えるものだ。イライラするし、自然と溜息もでて、妙な疲れがからだと頭に澱のように溜まっていく。

榎戸に救援の出動要請をしたところで、どうせ二日は待たされるだろうから、厭味を言われようが何があろうが、さっさと連絡をして然るべきところだった。が、日和は気がついた。榎戸に出動要請をする前に、やらなければいけないことがある——。

課や部によっては、インターネット接続に制限がかけられているところもある。つまりは、決まったサイトにしかアクセスできないようになっているということだ。けれども、販促課は、広く情報を得ることも仕事のうちなので、その制限がない。それをよいことにと言えば語弊があるが、日和は昼休みや周囲の人間が皆出払っている時、或いは課や部の飲み会がある日、課長待ち、部長待ちをしている時など、会社でもこっそりAME-NETにアクセスして、自分のブログについたコメントを読んだり、時にはブログを更新したりしていた。榎戸が見れば、一発でわかってしまうことだ。彼に見てもらう前に、日和はその履歴と痕跡を消しておく必要があった。

(うわ、参ったな。大丈夫かな。これでちゃんと消えてるんだろうか)

昼休みを献上したり残業をしたりしてその作業に勤しみながらも、日和は自信がなかった。表面的には消えたように見えても、パソコンというのは、すべてを記憶しているはずだ。徹底してクリーンナップをしなければ、たぶん完全に痕跡を消すことはできない。

(でも、私、そこまでのことは、とてもじゃないけどできないもの)

手は尽くす。とはいえ、日和としても、下手なことをして、傷口をさらに大きく広げたくなかった。

「あれ、日和さん。今日もまだ残業ですか」

もう帰り支度をすっかり済ませた卯月に言われてぎくりとなる。

「……うん、もうちょっとだけ。どうもパソコンの動きが鈍くて、やっぱりどうしても気になるから」

「なら、システムの人間、榎戸仮面にでも出動要請すればいいのに」

「そうなんだけどね、その前に、自分で少しは何とかできないものかと思って」

「あ」卯月がアーモンド形をした目を見開いて言った。「その前に、榎戸さんに見られるとまずいものを消してるとか」

「やだ、そんなんじゃないわよ」

内心、狼狽しながらも、それを懸命に顔にださずに、平静を装った声で言う。

「日和さんがアダルトサイトってことはあり得ないから……ネット通販とかブログとか？そういえば、前に遠目でだけど、私、ちらっと見たことがあったような。日和さん、ブログかフェイスブックかｍｉｘｉか……昼休みに何かやってましたよね？　あ、ケイタイでも何かやっているのを見たな、私」

「やってない、やってない。フェイスブックもｍｉｘｉもやってないし、ましてやブログなんて、私にはそんな文才、全然ないもの」

「ブログと文才は関係ないんじゃありませんか」

「そうかしら。いずれにしても、私には無理」

「まあ、作業のお邪魔をしてもいけないので、私はお先に失礼しますね。日和さんもあんまり頑張り過ぎないで、適当なところでシステムの人間に任せた方がいいですよ」

「うん、そうする」

卯月がさほどしつこく食い下がらずに、さっさと立ち去ってくれたのでよかったが、日和は冷や汗ものだった。

みんな出払っている。フロアには誰もいない——そんな折を見計らってやっていたつもりだが、壁に耳あり障子に目ありだ。集中というか、つい夢中になってしまうと、人の気配に無防備になる瞬間があるということだろう。

(やっぱり会社でのアクセスは禁止)

日和は、自分に戒《いましめ》を設けざるを得なかった。

会社でのことや周囲の人間のことも書いているだけに、禁止というより危険——そう心して、今後いかに人がいなかろうが暇であろうが、会社でのアクセスは慎むこと。

(ああ、疲れた……。私にはこれでもう限界)

卯月に言われたからではないが、日和は自分での作業にもうキリをつけて、そろそろ退社することにした。キリ——諦めかもしれない。明日は榎戸に出動要請をするつもりだった。あとは野となれ山となれ……榎戸は、厭味は言うし、愛想がなくて冷やかだが、口が堅いという長所がある。トラブルが生じた人間のパソコンのなかで何が起きていたか……彼はそういうことを吹聴《ふいちょう》したりはしない。少なくとも、日和の耳に、そんな話が聞こえてきたことは今まで一度たりともない。口が堅いというよりも、榎戸は、トラブルの質や内容に興味はあっても、パソコンの中身には関心がないのかもしれない。だからこそのサイボーグ、榎戸仮面。

「あれ、日和君、まだいたの」

日和がパソコンが終了したのを見届けて、椅子から立ち上がった時だった。得意先に出かけていた寺脇が、不意にフロアに姿を現した。寺脇も驚いたようだったが、それは日和も同じだった。

「あ、お帰りなさい。どうもお疲れさまです」

日和は慌てて頭を下げた。

「どうもお疲れさまですって……日和君、夏場は基本的に残業は禁止のはずだよ。私はどうしても必要な書類があって、取りに戻ってきたけれど」

電力供給と需要の問題、節電の問題がある。五階のフロアもすでに冷房が切れて蒸してきているが、日和が電気をつけてパソコンをいじっていたことは事実だ。双方多少は電気を食う。

「商品部では残業を黙認しているということになると、営業部も企画部も……となりかねない。困るんだよね、やっぱりルールに従ってもらわないと」

絶対不可という訳ではない。どうしても残業の必要性がある時は、上長の許可を取るというのが決まりだ。が、日和はこの二日、事情が事情だけに、課長の渡辺にも部長の寺脇にも許可を取らずに、勝手に残業をしていた。

「家にもパソコン、あるんだろう?」

やや険しげな面持ちをして寺脇が言った。

「はい」

「パソコンでやりたいことがあるんなら、家でやって」

「すみません。すぐに退社します。明日から無用の残業は慎みますので」

「うん」

返事はしたものの、その声はくぐもっていたし、寺脇はもうそっぽを向いていた。今日はどうやら機嫌があまりよろしくないらしい。日和は急いでロッカールームへ行き、そそくさと着替えを済ませると社屋を出た。

（ご機嫌斜め……。あーあ。悪い時に部長とバッティングしちゃったな。ふだんなら、部長、あんな顔はしないのに）

「家にもパソコン、あるんだろう？」「パソコンでやりたいことがあるんなら、家でやって」――新宿駅に向かって歩みを進める日和の耳に、寺脇の言葉が甦る。

日和も、好きで残業をしていた訳ではない。家にもパソコンはある。あるけれど、家ではできない作業だからこそ、一人居残って社のパソコンでやっていた。それを思うと、おのずと仏頂面になり、気分もくさくさしてきたが、日和には、本来、社のパソコンでやってはいけないことをしていたという弱みがある。それだけに、寺脇の言いように文句をつけたり恨んだりする訳にもいかない。そう思って、腐りかける気分を立て直すしかなかった。

（今日もノット・マイ・デー、昨日もノット・マイ・デー……ふぁあーあ、だ）

郵便物については、郵便局に問い合わせてみた。すると、日和から転居届がだされているので、向こう一年間はそちらの住所に転送する手配をしたし、事実、そちらに転送しているとの返答だった。

これには、当の日和がびっくりした。

「そんな……。私、引っ越してなんかいませんし、そういう転居届もだしていません」

言ってから、自分宛の郵便物が、いったいどこに転送されているのかを問い質したが、先方は、電話をかけてきているのが、事実、サンホークス連雀E１４０３に居住している石屈日和本人かどうかの確認がとれないので、教えることはできないと言う。

「じゃあ、私はどうしたらいいんでしょう?」

日和は言った。

「免許証、保険証など、身元確認ができる書類をお持ちのうえ、本局の方までいらしていただけないでしょうか」

転居届は誰でもだせても、それを取り消すとなると、今度は本人確認が必要となる――おかしな話だと思ったし、何とも納得いかない思いだったが、どうあれ向こうが譲らないので、日和も従わざるを得なかった。

行って確認してみたところ、日和宛の郵便物は、高田馬場二丁目のテラコーポ２０１号室に転送されていることがわかった。

「高田馬場?　高田馬場二丁目のテラコーポ?」

「お客様から、四月に転居届が局の方に届きましたので。その住所がこちら、高田馬場二丁目のテラコーポです」

「それは何かの間違いです」日和は言った。「私は三鷹から転居していませんし、届もだしていませんので」

「でしたら、お手数ですが、もう一度元の住所を転送先として、転居届をだしていただけますか」

「それはべつに構いませんけど……だったら、その間の郵便物はどうなるんでしょう？」

「すでに高田馬場の方に配送されてしまったものにつきましては、わたくしどもといたしましてもちょっと……」言葉を濁してから、窓口の職員は言った。「それにしても、どうして転居届がだされたりしたのか……。おかしいですね。お客様、何かお心当たりのようなものはございませんか」

ない。全然ない。だからこそ、日和もびっくりしているし、気持ち悪く思ってもいる。ついでに言えば、いくらか腹も立てている。

しかし、そこで誰がどうしてという特定のできようはずもない。だから、日和は仕方なしにサンホークス連雀への転居届をだした。届はだしたから、今後、郵便物はまたちゃんと日和のもとに届くようになる。けれども、過去、およそ三ヵ月半の間の郵便物は取り戻せないままだし、誰が見たかもわからないままだ。気持ちも悪いし気分も悪い。郵便物の中身だって気になる。

高田馬場二丁目——日和にはまったく心当たりのない住所だった。帰ってからアドレス帳や年賀状ホルダーを繰って、友人、知人の住所をざっとひと通り当たってみたが、やはり高田馬場に住んでいる人間はいなかった。一番近くても新宿区市谷。それは大学時代の女性の友人で、今はほとんどつき合いもない。それに彼女は、ごく常識的な人間だ。そんなおかしな真似をするような人間ではない。

ＪＣＣカードの事務センターにも連絡してみた。すると、カードの切り替え時期なので、簡易書留で新しいカードを送ったところ、局から宛先に配達不能ということで戻されてきた。それでおかしいと思い、日和に連絡を入れた——そういう話だった。簡易書留は、転送不要のかたちで送られる。局も転送先に届けることはしない。それでカード会社に戻されてきた訳だ。

「では、新しいクレジットカードは、人手に渡っていないんですね？」日和はやや勢い込むように相手に尋ねた。「カードはそちらにあるんですね？」

「はい。こちらでお預かりしております。そのようなご事情ということでございましたら、郵便局さんでの転送手続きが整い次第、また元のご住所、三鷹市上連雀の方へお送りさせていただきますが、それで差し支えございませんでしょうか」

それを聞いて、日和も少し安心した。カード用の口座には、そんなに大金は入れていない。借入金の限度額も、七十万の設定だ。とはいえ、転送不要で返送されたことで、一円たりともカードによる金銭的な被害はなかった訳だし、今後もそうした被害が起きることはない。一切無事。

(テラコーポに転送されなかったからよかったようなものの……)

一度は安堵したのち、日和はすぐさまた顔を曇らせていた。

(それにしたって、どこの誰なのよ？　そんな届をだしたのは。いったい何の目的で？)

単なる嫌がらせ……いや、日和のプライバシーを覗き見ることが目的か。それとも、金銭……よくはわからないが、何か悪事を考えてのことか。日和は首を捻《ひね》った。日和には見当がつかない。が、〈敵〉の目的は何なのか、〈敵〉がどこの誰なのか、それが一番の問題と言えば問題だった。

(だけど、私のプライバシーなんか覗き見ても……。やっぱり誰かの嫌がらせかなあ。でも、何で？　何で私が？)

ネット上ではともかく、現実世界での日和は、ぼんやり者と言われても甘受しなければならないぐらいのおっとり者で、その分、人間関係における摩擦や軋轢はない。卯月が言うように、誰からも好かれているとか、十人のうちの八人に好かれているとか、そこまでの自惚《うぬぼ》れはさすがにないが、少なくとも自分は何かの標的にされる人間ではないと思っている。それというのも、日和は、そこにいてもいなくても、あまり大差ない存在だからだ。

それに、根が田舎者で善人だから、意識的に関係を良好に保とうと努力しなくても、これまで人と喧嘩や諍《いさか》いになったことはない。日和に喧嘩をする意欲も強さもなく、何かあったとしても、こちらが先に折れてしまう。それでは喧嘩は成立しない。

（愉快犯？　ちょっとした悪戯、悪ふざけ？）

思ってから、メイトの人間、友人、近隣の人々、親兄弟、親族……思いつく限りの人間の顔を思い浮かべてみたが、日和にそんな悪戯を仕かけてくる人間は、どう考えても浮かんでこないし見当たらない。

（まさか、ウーちゃん？　ウーちゃんの悪戯？）

席が隣ということもあって、卯月と話をする機会は多い。今日、卯月に言われてわかったが、卯月は日和がブログをやっているらしいことも承知しているようだ。メイトで日和の個人情報に最も通じているのは、やはり卯月だろう。

悪い冗談、悪戯、悪ふざけ……それを仕かけてきたのが卯月だと仮定すると、会議資料を納めたドキュメントケースがいったん紛失して、会議前に女性のロッカールームから見つかったことにも説明がつく。これ以上いじめてはかわいそうだし、手伝わされるのも嫌だからと、ロッカーで発見したことにして卯月自身が持ってきたというのも、話の筋としては通るのではないか。

そこまで考えてから、日和は大きく首を傾げた。

(でも、何で?)

動機がない。のみならず、そんなことをしたところで、卯月には何の得にもならない。日和のプライバシーだって、卯月にとっては、何の意味も価値もないものだろう。そんなものを覗いたところで仕方ない。

中央線のなかで、日和は大きく首を横に振っていた。

(違う、ウーちゃんじゃない。……じゃあ、誰が?)

無意識のうちに、日和はもう一度首を横に振っていた。わからないという気持ちもあった。が、もうそれについては考えたくないという気持ちの方が、日和に強く首を横に振らせていた。

4

〈ご存じ、強運を誇るこのヒヨコ、ただで車をゲットした時にも、皆々さまから、「おお、何と運のいいこと!」「何と恵まれたこと!」とのお言葉いただいたものでありんした。

しかーし、好事魔多しと申しましょうか、自分と世界のバイオリズムの低調加減の合致と共振と申しましょうか、ヒヨコにだって、「チッ、ちょっとツイてないなあ〜」と思うことはある訳で。ヒヨヒヨ（ちょい泣）……。

うーむ、バイオリズムの低調加減の合致と共振ね……ヒヨコも案外難しい言葉を使うもんだと、自分で感心（笑）。

いえいえ、そうは言っても、ご心配いただくようなことではございませんのぢゃ。会社でのちょっとしたパソコントラブルその他……その程度のことでして。でも、ヒヨコ、ふだん、運がいいものだから、ちょっとしたトラブルや不運が、案外身に応えるのよねえ。

そういう時、皆々さまは、どのように気分転換、発散なさっているのでしょうか。

カラオケ？　自棄酒《やけざけ》？……うーん、ヒヨコ、さすがに低調だけあって、発想が貧困。

あ、でも、自棄酒って、案外、定番なのかもね。だって、うちの美しき牝馬チャンとヒヨコの接点も、考えてみればそこにあったんだもの。

あの時はそうとは思わなかったけど、バリバリ仕事をする女＝牝馬チャン、一度滅っ茶苦っ茶に酔っ払って、マンションのメールボックスのところに、取り縋《すが》るような蹲るような……そんな恰好で苦しみ喘《あえ》いでいたのよね。そこに通りかかったこのヒヨコ、牝馬チャンを介抱して、お部屋までお連れしたのでありんした。

あれ、自棄酒だったんだわねえ。だって、正体なく酔っ払っているだけじゃなく、「オエッ」という事態にまで至ったんだもの。おわかりかな？「オエッ」ですよ、「オエッ」。まあ、そうなるからには、相当無茶な飲み方したってことでしょう。鯨飲馬食《げいいんばしょく》ならぬ自棄酒馬飲？

で、「オエッ」の始末はどうしたか？

そのまま放っておく訳にもいかないので、このヒヨコがお片づけしましたよ。これ、マジ。本当の話。焦って部屋から新聞だのタオルだのビニール袋だのを持ってきてさ。そうだ。あの時、タオルを一枚駄目にしたっけ。

でも、牝馬チャンのことは恨んでませんよ。ちゃーんとステキなものをお返ししてくれたから。そこがさすがうちの牝馬チャン♪

そうか、自棄酒か。牝馬チャンも自棄酒飲むことがあるんだ。だったらこのヒヨコも、些細《ささい》な不運に泣いて、いざ自棄酒と参りますか。「おおーい、酒持ってこーい！」「うぇい、ちまちますんな！　一升瓶で持ってこーい！」「いんや、この際、樽で持ってこーい！」なんちゃって、ピー。

ヒヨコもお酒は飲みますよ。自棄酒だって飲みますよ。でもねえ、やっぱりオナゴでございますからね、表で「オエッ」といっちゃうまでというのはいかがなものかと。みっともないというのはもちろんだけど、それを誰かに片づけさせたとしたら……あー、堪《たま》らない。ヒヨコなら、翌日、自己嫌悪で首括りたくなっちゃうよーん。だから、オナゴは黙ってお部屋で自棄酒飲もう！　これ、本日のヒヨコの格言。

なーんて書いていたら、何だか気分がすっきりしてきたピヨ。皆々さまのお蔭だ、ありがとピヨ。となったら、自棄酒はやめて、軽く寝酒といたしますか。その方がかわいいもんね。ま、三十過ぎたら、かわいいもへったくれもないけどね。

ん？　パソコン？　パソコントラブル？

それは明日、会社の月光仮面にご登場いただいて、何とか解決してもらいましょう。腕はいいんだが、この月光仮面、正義の味方のわりにはブチャイクで、カッコよくないんだなあ。そこが問題。本当は、正義の味方は※だよね！　ピー！〉

会社でも、さんざんパソコンと向かい合ってきたというのに、帰ってきてまた日和はパソコンに向かい、ブログを更新した。くさくさした気分も、ある程度ブログに吐き出し、それについたコメントを見ると、ずいぶん解消された気分になるから面白いものだった。※というのも、ネットスラングのひとつだ。どうしてそういうことになったのか……※は、「ただしイケメンに限る」の意を表すという。榎戸は、イケメンではないが不細工でもない。でも、不細工ということにしないと、話が落ちない。まとまらない。だから、日和はブチャイクと書いた。

可南子が泥酔して嘔吐したのも事実だし、日和が介抱して部屋まで連れていってやったというのもまた事実だ。とはいえ、「オエッ」というほどの嘔吐ではなく、どちらかと言えば「エグッ」といった程度だった。「あ、吐きそう」と思ったので、慌てて部屋から新聞紙を持ってきて床に敷いたし、可南子の胃の腑からこみ上げてきたものを、タオルで押さえるように拭ってやったことも本当だ。それでタオルを一枚駄目にしたことも。けれども、床の吐瀉物を新聞紙や雑巾で拭ったり……そこまでのことはしていない。そうするまでの状況にはなかったからだ。酔ってはいても、可南子だって何とかもどすまいと堪えていた。でも、それでは話がちょっと小さくなって面白くない。ここはやはり「オエッ」でないと。

ヘル夫人、イサク、zigzag8、マルガリータ、ダサイ・ママ、竹細工、ちょろ、平四郎、ゲンゴロウ、konkon69、桃二郎、セラケセラ、わらしべ長者、マダム・K……近頃は、日和がブログを更新しさえすれば、もはや顔馴染みのようになった常連たちが、ひと言でもふた言でも、あっという間にコメントをつけていくし、話題や人によっては、ブログ並みに長々とコメントを書いていったりもする。常連――ツイッターではないが、フォロワーと言うべきだろうか。

〈イサク
へえ〜、ヒヨコさんでも不運に泣く時があるんだ。
たまには自棄酒もいいんじゃない？　でも、さすがに外で「オエッ」はオススメできないけどね（笑）。
ま、ヒヨコさんのことだから、明日はきっと晴れますよ！〉

〈マルガリータ
えっ？　介抱のみならず、「オエッ」の後始末までしてあげたんですか。

なるほどー。ヒヨコさんって、行ないがよかったりする人なんだ。だから、運も寄ってくるのね、きっと。

だけど、同じマンションの住人とはいえ、いわば見ず知らずの他人でしょ？　やっぱり私には「オエッ」の始末までは無理だなあ。

ヒヨコさん、アンタはエライ！〉

〈マダム・K
ブチャイクな月光仮面ねえ。たしかに正義の味方は※といきたいところ。
でも、仮面かぶってる訳だから、顔の多少の不具合は不問としては？（笑）。

それより問題は体型ではないかと。月光仮面よろしくバイクで登場しても、百キロ超のぶよぶよしたからだというんじゃ、タイツ姿は目も当てられない。しかも白のタイツ姿はねえ。〉

……

読んでいるだけでも、自然と顔が緩んできて、気づくと笑っている時もある。それどころか、誰かの気の利いたコメントに、思わずパソコンの前で、声を上げて「あはっ」と本当に笑い声を立ててしまうこともある。

コメントを読んでいるうちにも、ヘル夫人の新しいコメントがついた。

〈ヘル夫人

ヒヨコさんのことですもの、些細な不運なんて、あっという間にぶっ飛んでいってしまいますわよ。平気、平気。だから、自棄酒飲んで、「オエッ」はやめましょうね。「オエッ」は（笑）。

ところで、N BOXには乗ってらっしゃる？ わたくし、ヒヨコさんがN BOXを運転してお買い物にお出かけなさるところなんか、勝手に想像したりしてるんですけど。

それにもまして、ヒヨコさんが、そのお金持ちのパパさん、ママさんの養女になるのか否か、高砂の君とご結婚なさるのかどうか……わたくしとしては興味津々。
高砂の君とはその後、いかが？〉

高砂の君というのは、加古川理のことだ。彼の父親が高砂建築設計という会社を経営していること、また、もともと加古川は、兵庫県高砂市を流れる川で、枕詞みたいに加古川と言えば高砂とくるらしい。社名もそこからつけたようだ。それで日和は、ネット上で理のことを高砂の君と名づけた。このヘル夫人のコメントには、すぐに日和もレスをつけた。

〈ヘル夫人さま
高砂の君とは、近頃あまりお目にかかっていないのでありんすよ。折々メールや電話はあるんですけど、なかなかデートにまでは至りませんで。というのも、ヒヨコ、もひとつその気になれないんですよ。何て言うか……気持ちが会うまでには盛り上がらないっていうか。ピヨピヨ（↑ここ、ちと元気ないピヨピヨ）。
高砂の君、真面目でいい人なんですよー。でも、はっきり言って面白くなーい。話してもつまんなーい。ヒヨコのまわり、どうして頭の出来が理工系という男性が多いのかなあ。ヒヨコ、パーペキ文系女なもんで、理工系男、何か苦手だしイマイチなんですよー。理工系の男って、何か女心のわからぬ朴念仁って感じ、しません？

高砂の君も、パパさん、ママさんの手前があるからか、何度か会っても『赤いスイートピー』のまんまだし。

え？『赤いスイートピー』って、意味不明？　それに古い？

ま、「あなたーって♪　手も握らーない♪」ってところですわ。ピヨピヨッ。

これがパパさん、ママさんの紹介、押しじゃなかったら、ヒヨコ、もう高砂の君とはつき合っていないかもなあ。

しかし……しかし……いざとなるとやっぱり惜し〜い（爆）。ここは、色より欲、それに自分の明るい未来を考えて、高砂の君を運命の人とするべきかと考えたりもし。

ヒヨコも、それなりに悩んでおりますのぢゃ。ピー。〉

そこに書いたことに嘘はない。理とは時々やりとりしているし、たまにはデートすることもある。正剛や亜以子が言うように、理は真面目な好人物だと日和も思う。見た目も基準ラインを超えているので、まあ合格と言っていいだろう。けれども、何度会っても初回のお見合いもどきの席とさほど変わらず、盛り上がらないし発展しない。「お仕事、お忙しいんでしょう？　今はどこのどんなお仕事を？」「僕の方は……ですが、日和さんの方はいかがですか。お仕事、お忙しいですか」……いつだってそんな調子だ。そして別れ際は、「お目にかかってお話できて楽しかったです。またお食事しましょう」と、いたってきれいにさようなら。「どうです？　軽くもう一軒？」もない。だから、日和は、なかなか相手が自分の未来の夫、結婚相手という感じが持てない。

ブログには、日和の気持ちが盛り上がらないような書き方をしたが、それは理の方も同じではないか。理工系と書いたが、理は、どちらかというと草食系なのかもしれないし、べつにそういうことではなくて、日和に理を燃え上がらせるだけの女性としてのフェロモンが欠けているのかもしれない。彼の側も気持ちの盛り上がりに欠けるからこそ、もう一歩日和の側に踏み込んでこないし、手もださない。たぶんそういうことだろう。

いずれにしても、お互い悪い印象は持っていないのだが、牛歩もいいところで、いっこうに前に進まない。もしかすると、そういう組み合わせなのかもしれないと思って、時に日和も諦めかけたりする。けれども、亜以子は言う。

「夫婦として長くやっていくには、そういう組み合わせの方が、かえっていいかもしれないわよ」

「え、どうして？」

「最初に大いに盛り上がって大恋愛しちゃったら、後は冷めていくばかりじゃない」

「ああ、そういうことか……」

「日和ちゃんは美人ちゃんだけど、よく言うじゃない？『美人は三日で飽きるけど、ブスは何日経っても飽きない』とかって。それと共通するところがあるかも」

何だかひどい譬えという気もしたが、まあそういうこともあるかもしれないと、日和も思った。すんなり受け入れられる相手は、すんなり手放せる。ぎくしゃくがあって受け入れ合った同士は、ぎくしゃくを乗り越えた関係の強固さがある――。

「私たちがお見合いさせて仲人をしたカップルにもいるわよ。結婚前は、もうひとつピンとこないって感じで、結婚自体を迷っていたのに、結婚した後じわじわ恋愛感情が湧いてきて、今ではまさに超ラブラブ、大恋愛中っていうご夫婦。あそこは絶対離婚しないわね」

理とそういうことになるとは思い難かったが、超ラブラブにまでは至らなくても、もしも互いに同じように相手に愛情を感じられる夫婦になれるのであれば、理は条件の悪い相手ではない。穏やかな生活が営めそうな相手だし、何と言っても、真名瀬の叔父、叔母が理を大いに気に入っているというところが、日和としてもやはり無視し難い。

（べつにほかに好きな人やつき合っている人がいる訳じゃなし）

日和は、自分に言い聞かせるように呟いた。

（ここはやっぱり「勝ち馬に乗れ」かな）

本当のところ、日和としては、このままサンホークス連雀の広々とした部屋で、優雅な独身生活を営み続けていることが望みではあるのだが、この部屋もまた亜以子あってのものだ。一生ここで暮らしている訳にはいかない。暮らしていられる訳でもない。

（私も、もう三十になったしな）

三十を過ぎたからという訳ではなかろうが、このところ、何となく以前ほどツイていないというか、思わず表情を翳《かげ》らせるようなことが多い。

（そうよ。郵便物にしたって、いったい誰が高田馬場なんかに転居届をだしたんだか）

亜以子の目と愛情が自分に向いているうちかもしれない——日和はふとそんな思いにもなった。

実のところ、N BOXの件も保留のままだ。いまだもらい受けるまでに至っていない。けれども、これもそろそろ亜以子に返事をしないと、タイムアウトになりかねない。何と言ってもただなのだ。駐車料金も月額一万でいいというし、一応もらっておいて損はあるまい。

（チャンスの神様には前髪しかないっていうものね。それを逃しちゃ）

日和は思った。

（のたのたしていて勝ち馬に乗り損なった挙げ句、負け犬になっちゃったっていうんじゃ堪らないもんね）

心でそう呟いてしまってから、日和は即座に不愉快そうに眉根を寄せていた。

日和が心で自分で吐いた言葉だ。が、自分に関して「負け犬」という言葉を使ったことに、日和は何とも言えない不快感を覚えていた。何だって、そんな言葉が思い浮かんだりしたんだろう？——

（馬鹿ね、日和。ヘル夫人だって書いていたじゃない。「ヒヨコさんのことですもの、些細な不運なんて、あっという間にぶっ飛んでいってしまいますわよ」って）

顔も見たことがないヘル夫人の言葉に縋るように、日和は意識的に明るい顔を作って、心のなかで言っていた。そうよ、平気、平気——。

第三章

1

暦の上ではそうでなくても、季節はまださに夏真っ盛りといった感じで、外には肌や目を射すような鋭く眩しい光が溢れている。日和も周囲も、口を開けば、つい「暑いねー」――。気温も高いし、湿度も高い。あまりに暑くて過ごしにくい日もあるものの、それでも夏は悪い季節ではない。木々の緑が実に鮮やかだし、街行く女性たちの服装にも彩りと華やかさがあって、何だか勝手に心が浮き立ってくる気がする。だから、日和は夏が嫌いでなかった。これまでは――。

いや、日和はべつに夏が嫌いになった訳ではない。今でも夏は好きだし、いい季節だと思う。ただ、この夏は、日和自身の胸の内だか頭の片隅だかに、もやもやとした薄暗い雲がかかっていて、容易にそれが取れていかない。自らの内側の曇りが晴れないものだから、瞳に映る夏の色鮮やかさも華やかさもいまひとつ——そんなところだった。

パソコンは、あの動きの重たさではまともな仕事にならないので、止むなく榎戸に出動要請をした。榎戸は、要請した二日後の昼過ぎに見にきてくれたし、お蔭でパソコンは元の状態に回復した。したがって、今は無用な苦なりストレスなりを感じることなく、仕事に勤しむことができている。だから、言わばめでたしめでたしで、もはや問題は解決したということになるのだが。

(でも、やっぱり、何か嫌な感じだったなあ……)

すでに無事収束したこととはいえ、パソコンに向かっていると、心でふとそんな呟きを漏らしている自分に気がつく。そういう時は、顔も自然と曇りを帯びている。そして日和の脳裏には、無愛想というより仏頂面に近い榎戸の顔が浮かんでいるのが常だった。

榎戸は、クルーカットと言っていいぐらいに短く髪を切り、黒縁でレンズの細い眼鏡をかけている。服装に乱れはまったくなく、ふだんはほぼ無表情。だから、サイボーグなどと言われる。だが、日和クラスの社員に要請されて出向いてきた時は、その仮面に少しだが、鬱陶しげな表情が滲んでいる。

(どうせくだらないトラブルに決まってる。またつまらないことで俺を招びやがって)

察するに、恐らく榎戸の胸中はそんなところだろう。日和のデスクにも、まさにそういう表情で現れた。その顔を目にした瞬間、日和の側としては、ひと言で言うなら「げ！」というところだったが、そんな思いは顔にもおくびにもださず、やや意識的に困り顔を作り、ひたすら低姿勢を貫いた。こちらはお願いする側、あちらはされる側。こちらの立場は弱い。

榎戸が日和のところにいたのは、ものの三十分ほどだったのではないか。パソコンの状態を見て、自分がすべき処置を済ませると、榎戸はその後の作業の指示をだして去っていく。相手が役員クラスとなればどうだか知らないが、それがいつもの彼のやり方だ。いつまでもつき合ってはいられない。最後の最後まで面倒なんか見ていられない。あとは自分でしっかりやってくれ――。

ただし、指示が的確なので、時間は少々要するものの、その通りにやれば、たいがい問題は解決する。だから、彼はやはり優秀なシステムエンジニアだかシステムアドミニストレータであり、また、有能な社員なのだろう。それは日和も認めざるを得ないところだが、榎戸は皮肉屋だし、性格もあまりいいとは言えない。

（正義の味方は、もっと爽やかであって然るべきよね）

キーボードを叩きながら心で呟く。

榎戸が有能であるがゆえ、またいざという時は榎戸頼りであるがゆえ、日和を含めた周囲が彼を増長させている面もあると思う。それでも、慎みなり謙虚さなりを多少でも備えた人間なら、ああはならない気がする。彼の場合は、もともとの性格が性格なのだ。

「販促課はウェブサイトのアクセス制限がないとはいえ、どうしてあちこち無用なサイトにアクセスしては、こうも余計なソフトをあれこれダウンロードするかなあ」

日和のパソコンをチェックしながら、榎戸は眉を顰《ひそ》めて呟いた。呟いた——小さく吐き捨てたと言った方が正しいかもしれない。

「私はソフトをダウンロードなんて……」

「していません」とまでは言えなかった。その隙を与えることなく、見越したように榎戸が言ったからだ。

「していないって言いたいんでしょ？　でもね、それは、していないんじゃなくて、していないつもりなの。わかる？」

「……」

「いかがわしいサイトにアクセスすれば、それと同時に勝手にソフトがダウンロードされてきたりする。それぐらいのことは、石屈さんも知っているでしょ。ああ、いかがわしいと言っても、僕が言っているのは、アダルトサイトとかそういうことじゃなく、安全性の低いサイト、危険なサイト、悪意のあるサイト……そういう意味ね。なかにはコンピュータに入り込んで悪さをするソフトもある。これも、多少なりともパソコンを扱っている人間にはいまさら言うまでもないことだけど。今回のトラブルの原因がそれ。多数の余計なソフト、好ましくないソフトのダウンロード」

「ですけど、私――」

ここでも、またしても日和の言葉は榎戸に遮られた。

「そういうサイトにはアクセスしてない。そう言いたい？」

「……のつもりですけど」

「じゃあ、石屈さんのパソコン、どうして検索エンジンがｈｕｎｎｉｂａｌに設定、固定されている訳？」

「え？　ｈｕｎｎｉｂａｌ？　私、検索エンジンはＧｏｏｇｌｅです」

日和が言うと、榎戸は鼻の付け根に皺が寄るほど眉根を寄せて、チッと短く舌打ちをした。サイボーグと言われている榎戸だが、たちまち顔が険悪になっていた。

「これだよ。これだから困る。ほら、自分がいつも使っている検索エンジン、よく見てご覧よ」

榎戸に言われて画面を見た。デザインはＧｏｏｇｌｅの検索エンジンにそっくりだ。ところが、URLの箇所にはｈｕｎｎｉｂａｌとあった。唖然というより愕然——日和は狐につまれた思いで、目を見開いて画面を見つめるばかりだった。

「僕も、ＧｏｏｇｌｅやＹａｈｏｏ！が絶対だと言うつもりはないよ。だけどｈｕｎｎｉｂａｌはねえ」幾分苦々しげな様子で榎戸は言った。「検索エンジン自体は悪くないかもしれない。だけど、引っかかってくるサイトには、安全性が確認されていないものが多い。石屈さんも、ｈｕｎｎｉｂａｌで検索して引っかかってきたサイトに無闇にアクセスしたからこそ、こういう羽目に陥った。そうでしょ？　困るねえ。意識が低いんだよなあ、意識が。危険意識と言ったらいいか何と言ったらいいか」

呆れたように言われても、まだ日和は愕然としたままで、何の言葉も返せずにいた。

「これがお宅のパソコンのなかの不要なソフトの一覧」榎戸は、日和の様子になどは頓着せずに、画面を切り換えて言った。「あとはプリントアウトするなり何なりして、このソフトのファイルを自分で全部削除して。これだけ無用にアクセスしていると、クッキーも一度無効の設定をして、これまでのものはいったんすべて削除した方がいいね。それから、今後はもう少し注意深さを持つようにして、この種のことで他人を煩《わずら》わせないように。最後にひとつ言っておくけど、これ、石屈さんのパソコンだけど、石屈さんのパソコンじゃない。会社のパソコンだから」

他人を煩わせないように――他人、つまりは榎戸、自分をということだ。それだけ言うと、榎戸はくるりと背中を向けて去っていってしまった。

「すみません。どうもありがとうございました」

日和は頭を下げて言ったが、榎戸は振り返らなかったし、返事もしなかった。ただその背中が、「まったく。いちいちこんなことで……」と、冷たく言い放っているようだった。そして、榎戸はデスクに戻ると、たぶん自分のパソコン内の業務日報に、こんなふうに記すことだろう。

〈13：30〜14：00
要請により、販促課二係、石屈日和のパソコンをチェック。

多数の不要かつ問題あるソフトのダウンロードによるトラブルと判明。

原因は、本人の不用意なオペレーティングによるもの。〉

日和にだってわかっている。榎戸が悪い訳ではない。だが、榎戸は、日和の言い分には、これっぽっちも耳を貸そうとしてくれなかった。だから、日和は、言いたいこと、訊きたいことがろくに口にできず、その分、もやもやとした嫌な感じが胸に残った。それだけに、榎戸のことも、ちょっぴり憎らしく思ってしまう。

Ｇｏｏｇｌｅに固定していたはずの検索エンジンが、なにゆえｈｕｎｎｉｂａｌに固定されてしまったのか。どうしてそんなことが起きたのか。それを日和は榎戸に問いたかった。ｈｕｎｎｉｂａｌに固定されたせいでこういう事態が起きたのであって、日和がとりわけ不注意だった訳ではない。今後そういうことを防ぐには、いったいどうしたらいいのか。それも榎戸に尋ねたかった。が、できなかった。

まだある。クッキーも一度無効の設定をしろと、こともなげに榎戸は言ったが、その方法も、日和は榎戸に訊きたかった。そんなことは、榎戸にとっては朝飯前以前の作業なのだろうが、日和にとっては違う。自分でネットで調べ、何とかこれまでのクッキーは削除したが、ざっとでいいからやり方を教えてくれていたら、作業はもっと迅速かつ容易に済んでいた。

(あの人、自分の言いたいことだけ言って帰っちゃって)

榎戸の腕を摑むようにしてでも何とか引き止め、彼に訊くことをしなかったのは、たぶん榎戸の最後の言葉にぎくりとなって、日和自身の腰が退けてしまったからだった。

「最後にひとつ言っておくけど、これ、石屈さんのパソコンだけど、石屈さんのパソコンじゃない。会社のパソコンだから」

日和はその痕跡を消したつもりだ。が、たぶん、いや、榎戸のことだから間違いなく、日和がしょっちゅうＡＭＥ-ＮＥＴにアクセスしていたことに気づいたことだろう。だから、最後にああいう台詞が榎戸の口からでた。

やはり榎戸に知られてしまった——それも日和の気分が冴えないひとつの原因になっていた。会社のパソコンをなかば私物化して、しょっちゅう本来の業務以外のことをやってサボっている——そう思われたのではないか。榎戸は、業務日報にもそれを匂わす一文を記したのではないか。

(あーあ、嫌だなあ。私、べつに仕事をサボってやっていた訳じゃないのに)

そんなふうに考えだすと、余計に気持ちがへこんだ。

(問答無用のサイボーグ)

榎戸の顔を思い浮かべて、日和はちょっと顔を顰《しか》めた。けれども、下手な言い訳をしていたら、なおさら傷を深くしていたかもしれない。今回の場合、榎戸を招ぶしかなかったのだから、それはもう諦めるしかない。

(でも、ｈｕｎｎｉｂａｌねえ)

パソコン画面に目を据えたまま、日和は今度は唇をやや尖らせた。

日和は、そんな検索エンジンのサイトがあることさえ知らなかった。それなのに、どうしてｈｕｎｎｉｂａｌは日和のパソコンに入り込んだのか。ｈｕｎｎｉｂａｌは、どうやってＧｏｏｇｌｅを乗っ取ったのか。

振り返ってみると、日和も奇妙だと感じたことがあったのを思い出す。検索のキーワードを打ち込むボックスの下に、黄色い三角に！　というお馴染みのｃａｕｔｉｏｎのマークが大きくでて、「パソコンのパフォーマンスが低下しているので、まずはチェックを」だとか「定期的にクリーンナップすることをお勧めします」などの文言が「ここをクリック」というクリック部分と一緒にその下にでたりしていた。おかしいなと思いながらも、日和も一度はクリックして、パソコン内のエラーをチェックして削除するというフリーソフトをダウンロードしたことがあった。

が、先方が修正したと報告したのは三つかそこらで、残り百以上あるエラーを修正するには、有料のソフトを購入しなければならない仕組みだった。どんなエラーだったかもよくわからないし、エラーが三つ四つ修正されて、パソコンがほんの少しだけだが軽くなったかと言えば、そういうこともまるでなかった。それで何だか胡散臭《うさんくさ》い感じがして、さすがに日和も有料ソフトまではダウンロードしなかった。今にして思えば、あれもｈｕｎｎｉｂａｌだったからこそ起きたことだったのだろう。

「困るねえ。意識が低いんだよなあ、意識が。危険意識と言ったらいいか何と言ったらいいか」「今後はもう少し注意深さを持つようにして、この種のことで他人を煩わせないように」——完全に上から目線の冷やかな榎戸の言葉と口調、それに表情がまた思い出され、日和は音のない溜息をついた。

(私のせい？　私に注意深さが足りなかったから、ｈｕｎｎｉｂａｌに入り込まれたの？)

違うような気がした。日和は特別おかしなサイトにはアクセスしていないし、検索エンジンをｈｕｎｎｉｂａｌに固定してもいない。いつの間にかそういうことになっていたのだ。まるで勝手にパソコンに立ち入られたみたいに。

(近頃そういうことが多いな)

多いと言ったら言い過ぎになる。だが、例の郵便物の件にしても同じだった。今は無事サンホークス連雀の方に郵便物が届くようになったが、あれもべつに日和が不注意だったり、日和に非があったりしたから起きたことではない。誰かが勝手に転居届をだした。それによって起きた誤配と不達事故だ。いったい誰がそんなことをしたのか――それもまだわかっていない。

(またちゃんと届くようになったからといって、それでいいってものじゃない)

日和は心で自分に言い聞かせるように呟いた。少なくとも、日和の郵便物が転送されていた高田馬場のテラコーポ２０１号室に誰が住んでいるか、それぐらいは突き止めておいて然るべきことのような気がした。

それでいて、日和は心で思っていた。ああ、面倒臭い——。

本当のところ、調べたり何だり……時間も手間も食うようなことは、億劫なのでしたくなかった。これまでそんなことをしなくても、すべてちゃんと何とかなっていた。今は、何だか流れがちょっと蛇行したようになっている感じがするが、だからといって、ここで日和がとりたてて何もしなくても、自然とまた元のおっとりとした穏やかな流れに戻ってくれたらいいし、そうあるべきだ。それが日和の偽らざる思いであり、望みだった。だって、私は、今までずっとそれでやってこられたんだもの。運がいいんだもの——。自分でも、億劫がりの言い訳のような気がしたが、今はそちらの方を信じたい気分だった。

2

参ったな——マンションの自分の部屋の鍵を開けながら、日和は小さくひとつ溜息を漏らしていた。

「日和さん、あの約束、いつ果たしてくれるんですか」

会議資料のはいったドキュメントケースを見つけてくれたお礼に一杯奢る——日和もそ

の約束を忘れていた訳ではないし、惚《とぼ》けてやり過ごそうとしていた訳でもない。ただ、パソコンの問題に懸命で、それどころではなかったのだ。が、それも榎戸の出動によって解決した。それを見て取ったように卯月に催促されてしまった。

「わかってる。ちゃんと覚えてるわよ」日和は言った。「で、ウーちゃんは、いつが都合いいの？」

「今日、なんて言ったら急すぎます？　小粋な蕎麦屋を見つけたんで、前から一度行ってみたいと思っていたんです」

今日、幸か不幸か、日和に特別用事はなかった。それに小粋な蕎麦屋と聞いて、日和もちょっとそそられたところがある。本来、蕎麦屋というのは、江戸時代からの居酒屋みたいなものだ。小粋な蕎麦屋なら、酒もだろうが、酒の肴もそこそこまともなものがありそうだし、この季節、最後に冷たい蕎麦でしめるのも悪くない気がした。それで、ならば今日早速という段取りになった。

(あれは蕎麦屋じゃない。鮨屋か料亭だわよ)

バッグをいったんソファの上に置きながら、日和は心で嘆くようにぼやいた。

酒は各地の地酒がずらりと揃い、酒の肴に至っては、旬の魚の刺身に畳鰯、焼き魚……焼きとり、天ぷらはもちろんのこと、鴨肉のローストまであったし、野菜も和物、海鮮サラダ、炊きもの……そういえば、のどぐろの刺身や干物まであった。日和が蕎麦屋でもなければ居酒屋でもなく、鮨屋か料亭だと思ったのは、どの料理も上品で、しかもいい値段をとっていたからだ。

(蕎麦屋の会計が、女二人で二万三千七百円？　あり得ない……)

カードを持っていたのでよかったが、でなければ、途中から財布の中身を考えて、はらはらして料理を味わっているどころではなかったと思う。

(ウーちゃん、私がお会計している時も、平気な顔してた)

もしも日和だったら、そうとは知らずにこんな値の張る店に連れてきてしまって……と慌てたことだろうし、「私もいくらか払います」ぐらいのことは言っていた気がする。先輩、後輩の間柄ではあっても、何せ女同士だ。それに同じ会社に勤めているだけに、給料だってわかっている。

(あの娘、あそこが値段の高い店だってこと、知ってたんだわ)

一杯奢ってやったのは日和だが、日和は卯月に一杯食わされたような気分だった。

亜以子から、一応、N BOXはもらい受けた。半分は、日和が大喜びでN BOXをもらい受けることが、亜以子の望みであるような気がしたからだ。亜以子の期待に応えねば、日和の安泰も危うくなる。

な声であり調子だった。

「ほんと？　なら、よかったわ。待っていた甲斐があった」

電話で亜以子は日和に言った。機嫌のよさそうな声とまではいかないが、安堵したような声であり調子だった。

「ここにきて、真名瀬がちょっとやきもきしていたから」続けて亜以子は言った。「車って、乗らないでいると調子が下がるのよね。かといって、無闇に乗りまわしてたら、他人に売るにしても、新車同然とは言えなくなってしまうし」

「本当にただでいただいていいの？」

言葉だけのことだが、日和は訊いた。

「もちろん。ああ、今年の分の自動車税はもう払い込んだから。ただ、日和ちゃん、自分でちゃんと保険にはいってよ。それから、定期点検にもしっかりだしてね。万全を期してもらわないと、あげた側の身としては何かと心配だから。――ええと、あの車は……車検は来年か」

実のところ、この時点で早くも日和は気が重くなっていた。駐車場の代金やガソリン代だけではない。軽とはいえ、車を持っていると何かとお金がかかる。ぼんやりとはわかっていたが、そのことを、亜以子の言葉でいまさらのように実感したからだった。やっぱり、何かうまい理由をつけて断わればよかった――電話を切った後、おのずと顔は曇って吐息が漏れた。商売をしているだけに、実家には車が二台あるし、家に帰れば日和もそのうちの一台を好きに乗りまわしている。これまでは、便利さだけを享受して、金銭的負担は一切してこなかった。それだけに、車を持っていると年にどれだけのお金がかかるか、本当のところはよくわかっていなかったというのが実状だった。

だいたい、会社勤めをして三鷹に住んでいると、いくら三鷹が二十三区外の東京の田舎だといっても、必須に近いような車の必要性はない。乗るにしても、会社が休みの土、日ということになるし、行き先もほぼ西、或いは南北に限られて、なかなか東には行けない。つまりは、都心方面は難しいということだ。吉祥寺に買い物にいくにも、まずは駅周辺の道が込んでいるし、バス優先というところも多い。加えて、車を駐《と》めるところを探すのが難しい。三鷹駅周辺でさえそうだ。

(一通一通で、遠回りして狭苦しい道を通らなくちゃならなかったりするし)

西に行けば、スーパーの駐車場に駐めておけるし、ところによっては買い物の額にかかわらず無料だったりする。しかし、日和の場合、車をださねばならないほどの買い物は滅多にない。南は調布市、北は西東京市、どちらもあまり馴染みがないし、用事もない。沼津の実家に帰るにしても、新幹線の方が早くて楽だし疲れない。

(何だろう、私。何か馬鹿みたい)

ただで車を得たことで、これから払わねばならない金を考えて、逆に貧乏になったような気持ちでいたところにもってきての二万三千七百円だ。だから余計に痛かったし、気が滅入った。

(私、ウーちゃんに、叔母ちゃんからただで車をもらったって話、したかなあ)

日和は考えた。広いマンションに安い家賃で住まわせてもらっているうえに、今度はただで車までもらった。卯月は日和を、自分よりもずっと恵まれていて裕福だと思ったのかもしれない。それでちょっぴり妬みもあって、わざと高い店でご馳走させた。穿《うが》ってみれば、そんな気もしたし、だとすれば、卯月が平ちゃらな顔をしていたことの説明もつく。

(でも、私、車のことは話してなかったと思うんだけどな)

日和は、唇を少し尖らせ、図らず小首を傾げたが、もはや考えたところで仕方がない。払ってしまったものは払ってしまったものだ。今日の二万三千七百円は諦めるしかない。ただ思った。舐めてかかると痛い目を見る。ウーちゃんには要注意だな——。

見た目がやや幼げでかわいらしいし、同じ課の同じ係、しかも席が隣の後輩ということもあって、これまで日和は、卯月にはつい気安く何でも喋ってしまっていたところがある。気を許していた。が、今回のことを教訓に、それを少し改めるべきだと思った。

(高い勉強料。っていうか、嫌な感じの勉強料)

心でそうぼやいてから、日和は陰に傾いていきそうな自分の気持ちを切り換えるべく、今度は意識的にひとつ息をついた。日和はべつに貧乏になった訳ではない。出費にだけ目を向けて、貧困妄想に陥るのは馬鹿げている。

今夜は結構飲んできたし、お腹もいっぱいだ。本当は、シャワーを浴びてから寝《やす》みたいところだったが、何だか億劫になって翌朝まわしにすることにした。パジャマに着替え、メイクをしっかり落として、歯磨きを済ませたら、今夜はこのままベッドにはいろう——。

「あ、そういえば日和さん、石屈亮太氏の祝賀&出版パーティーにいらっしゃるんですって?」

歯を磨いている時だ。日和は蕎麦屋で卯月に言われたことを思い出した。

「さすが石屈一族の一員って感じ。もしもうちの会社で平の人間がパーティーに参加できるとしたら、受付か世話係、裏方がせいぜいですもんね。でも、今回は出版社の仕切りだからそれもなし。あーあ、いいなあ、ハイネス高輪、富貴の間でのパーティー。あそこのホテル、お料理が美味しいことでも知られてますけど、雰囲気がね。やっぱりハイネスですよ、洗練されてる。私、ティーラウンジしか行ったことありませんけど、そう感じましたもの。そこでの豪華パーティー……溜息でちゃう。やっぱり石屈亮太氏ともなると違いますね」

何名かの役員クラスの人間しか招ばれないなか、唯一日和が身内ということでパーティーに招ばれた——ひょっとするとそのことも、卯月の妬みややっかみを買う結果につながったのかもしれない。

日和も亮太は好きだ。わが叔父ながら、才能豊かで凄い人だと思うし、敬愛、尊敬している。ハイネス高輪での華やかなパーティーにも関心大だし、何より姪として晴れがましいし誇らしい。ぜひとも亮太と顔を合わせて、直接「おめでとう」が言いたい。

だが、卯月が思っているほど、よいことばかりではない。昨日、日和は成子に言われた。

「日和ちゃん、今度のパーティーのことだけど、日和ちゃんは、あくまでも身内枠での出席ということで。それがあなたの基本的な立ち位置」

「あ、はい。それはわかっています」

日和は言った。でなかったら、当然日和は招ばれていない。

「でも、パーティーには、うちの取引先のかた、関係先のかたもみえる。なかには日和ちゃんも先方を知っていれば、あちらも日和ちゃんのことを知っているかたもみえるでしょう。だから、そこはうまくやってね」

「うまく——」

「うーん」成子は言葉を探すように、わずかに眉根を寄せた。「ほどよくと言ったらいいかしら」

「うまく」「ほどよく」——成子に倣《なら》った訳ではないが、日和の眉根もやや寄っていた。

「つまり、礼は失しないけれど、メイトの社員としての発言や行動はしないってことかな。そういうシーンでの日和ちゃんの立ち位置、結構難しいのよね」

「はい」

成子の言わんとするところが、もうひとつよくわからないまま、日和は反射的に相槌に近い生返事をしていた。

「日和ちゃん得意のほんわりした笑顔で、慎ましやかに会釈するなり短い言葉を交わすなりして、うまくかわして。ずばり言ってしまえば、あまり目立たないでくれっていうのが本音かな」成子は言った。「あなた、ダブルスタンダードという立ち位置がとれるほど、器用な人間じゃないと思うから。じゃあ、そういうことでよろしくね」

ずばり言われて、さすがにぼんやり者の日和にもわかった。会社側としては、そういう場での日和の立場や扱いが微妙でちょっとややこしいから、パーティーへの日和の出席を、実のところあまり嬉しく思っていない。もっと言えば、些か迷惑。そういうことだ。

（パーティーに行っても、お祝いの挨拶を済ませたら、目立たないように引っ込んでなきゃならない。壁の花だか壁の染みみたいに、いても人目を惹いちゃいけない）

思いながら、タオルで顔を拭う。洗面台の鏡に映った日和の素顔は、いくらか曇って陰鬱そうなものになっていた。

成子の言うことはわかる。日和もそう心がけるつもりではいる。とはいえ、パーティーには沼津の両親も来れば真名瀬の叔父・叔母も来る。日和の両親はともかく、真名瀬の叔父・叔母夫婦は目立つ。そういう場でも気後れしないどころか、独特の華やかなオーラを放ち、いつの間にやら自分たちが主役みたいになっているような人たちだ。その夫婦に実の娘のようにかわいがられている日和は、どうしたって彼らのそばにいる時間が長くなる。一家の七光だか後光だかで、いくら目立つまいとしても、人目についてしまうことは免れない気がする。

(ハイネス高輪でのパーティーは素敵よ。でも、ウーちゃんが思っているほどいいものでもない。そこをあの娘はわかっていないのよね)

思いながらベッドにはいる。と、今度は、直一郎の顔が日和の脳裏に勝手に浮かんだ。肩書だけとはいえ、同じ販促課の係長同士だ。時には情報交換に近い打ち合わせをすることがある。一昨日だったかも、三十分ほど定例の打ち合わせをしたのだが、その間、直一郎は一度も日和と目を合わせなかった。二人で間近で顔を合わせて話をしているのに、一度も目を合わせてくれない――経験した人間にしかわからないことかもしれないが、これは何とも不快なものだ。無視されたというより、相手に強烈に拒絶され、排除されたような感じ。

またもや溜息をつきそうになって、日和はベッドのなかで唇を引き結んだ。前に母の江津子が言っていた。

「アイちゃんは、昔から前向きな人だった。今の言葉だと、ポジティヴって言うのかな。私、よく言われたわ。『エッちゃん、そう溜息ばっかりつかないの。溜息ついていると、貧乏神や疫病神が寄ってくるし、それはそばにいる人にも伝染するんだから』って」

貧乏神だの疫病神だのって、冗談じゃない。もう考えるのはやめてとにかく眠ろう——そう思って寝返りをうつようにちょっと体勢をずらした時、われ知らず日和は小さな溜息を漏らしていた。

3

〈ピヨピヨーッ！

………って、いきなり叫んで何でしょうね（笑）。

実はヒヨコ、先日、さる機会を得て、ハイネス高輪でのパーティーに行ってきたのぢゃ。

で、ちょっぴり興奮気味という次第。

出席者は、どうだろう……三百人ってとこだったかな。いや、もうちょっといたかも。大きくてなかなか豪華なパーティーでした！　何せ会場は富貴の間。

で、ヒヨコは、パーティーの余韻のなかで考えた。ヒヨ。

ほら、日本には晴れの日と褻《け》の日があるって昔から言うじゃない？　晴れの日は、お正月とか建国記念日とか……個人的なものでは七五三とか結婚式とか？　で、褻の日は、それ以外のふつうの日ってことになるんでしょうが。

ヒヨコが思ったのは、日本にはもっと晴れの日があってもいいんじゃないかっていうこと。個人的な晴れの日ね♪

ヒヨコ、一度だけパリに行ったことがある。パリの人たちって、とりたててお洒落だとは思わなかった。お洒落……うーん、贅沢、派手、華美って言った方がいいのかなあ。ただ、着回しが上手で、幾つかのものをうまく組み合わせて着ているって感じ？　あ、それを本当のお洒落って言うのか。

まあ、思っていたよりもふだんは地味。ただ、週末の夕刻になると、ぐーんとドレスアップした男女が、ふつうに地下鉄に乗り込んできたりして、「ああ、やっぱりパリだなあ」なんて思ったりしたっけ。日本であれだけドレスアップして腕組んで地下鉄になんか乗り込んだら、みんなにじろじろ見られるよ。でも、パリではそれがない。よくある光景だから。

パリだけじゃない。ヨーロッパでは、ふだんの日は作業着姿で汗まみれで働いていても、いざパーティーとなると、思い切りドレスアップして、晴れの日を満喫するみたいだよね。ヒヨコ、そういうの、いいなあって、今回パーティーにお招ばれしてみて、しみじみ思ったのぢゃ。そういう日があると、日常にメリハリがつくよねー。ピヨピヨッ♪

日本は、個人的な晴れの日、パーティーって少ない感じ。うんとドレスアップしておめかしして……そういうのって悪くないし、もっとそういう日があってもいいと思ったな。

しかーし、それもいいことばかりじゃない。そこに横たわる唯一にして最大の問題が、哀しいかな、お金、出費ということにも、ヒヨタヒヨコは気がついた次第でして。ドレスアップするにはドレスが必要。ドレスに合うバッグや靴も必要。美容院にも行かなきゃならない。パーティーによっては、お祝だって包んでいかなきゃなんない。ピ、ピヨーッ！

ご存じヒヨコは、通信関連の会社に勤めるしがない事務職のＯＬ、お給料は知れてます。車はただでもらったけど、車って、自動車税、保険料……何かとお金がかかるよねえ。そのうえもしも毎週末のようにパーティーがあったとしたら、これはもう食べていけませんな。ヒー。

そんなこんなで、パーティー自体はきわめてｇｏｏｄでｎｉｃｅだったけど、このところ何やかやと出費が多くて、ヒヨコはちょいと貧困妄想に陥りかけたりしていたというのが実際のところ（笑）。情けないピー。

さて、ここからが本題。出費が多かったし、痛かったというのも事実。でも、ヒヨコは、現実に貧乏になった訳じゃない。貧乏になった人は……何とべつにいたのでした！　ヒヨコはそれを知ってもうべっくり！　だって、それがこともあろうに、なんとあの美しき牝馬チャンだったんだもの！

この先もっと書きたいけど、長くなりすぎちゃったし、今日はもうくたびれちゃった。なので、この続きは明日号！

ということで、今夜はこれにてご免でピヨピー。おやすみだピー。〉

ヒヨタヒヨコ、通信関連の会社に勤める文具好きな事務職のＯＬ。日和は、「ヒヨコ女の毒舌ピヨピー」では、自分のプロフィールをそういうふうに定めている。文具会社というといくつかに特定されてしまうし、ブログでメイトの商品を多く取り上げれば、メイトの社員であることまで特定されてしまう。それは困るので、通信関連とした。不況下にあっても、通信事業や通信業界は花盛りだ。アルバイトであれ派遣であれ……通信関連の会社で働いている女性は多い。その一人に自分を紛れ込ませた。ならば、メイトの商品についても書ける。

ブログを更新して人心地。それがいつもの日和のありようだった。が、今夜は何か書き足りないというような、不完全燃焼感が残った。ハイネス高輪のパーティーに行って、ちょっと興奮気味だと最初に書いたが、日和の興奮の原因はべつのところにあったし、これからが本題と書いたように、本当に書きたかったのはそのことだった。牝馬チャン、こと美馬可南子の一件。だが、前振りがあまりに長くなり過ぎてしまったので、今夜は控えた。無念の中断とも言えるが、逆に話を翌日に引っ張った方が読んでもらえる率が高くなるかもしれないと、よい方に考えることにした。

(これでよし、と)

パソコンの電源を落としてから、日和は凝りかけた首をぐるっと回し、パソコンの前の椅子から立ち上がった。

(それにしても、牝馬チャンがお引っ越し、それもここの家賃はもう払えないからという理由でお引っ越し――びっくりしたな)

管理人の増岡――日和が郵便物の抜き取りなどと穏やかならざることを口にして以来、彼とはもうひとつ関係が元には戻らず、しっくりいっていないところがある。日和は奮発してメイトのハイテク新商品、写メイシメイトをプレゼントしたのだが、その時も、増岡はあまりいい顔を見せなかった。

「電子名刺管理……ですか。私は、あんまり名刺をいただく立場の人間じゃないもんで」

「あ、でも、これ、便利なんですよ。うちの会社の今期の新商品で、売れ行きもなかなかいいんです」

写メイシメイトは、名刺を挟んでカシャッとシャッターを切るだけで、名刺をまずは画像で記憶する。おまけに、社名や名前の位置はだいたい決まっているので、社名や名前を、あいうえお順で整理できるし読みだせる。名刺のデザイン性が高かったりレイアウトが特殊だったりして、そこから抜け落ちてしまったものは、整理不可というファイルにはいる。内蔵メモリーだけで五千枚を記憶するし、それ以上となればメモリーカードを使用すればいい。最近は、メールアドレス、携帯番号……名刺に印刷されている情報の量もふえた。それらを全部アドレス帳に書き写してはいられないし、それをすると、どうしたって写し間違いが起きる。写メイシメイトは、ほぼ名刺入れサイズの小さなものだし軽いのに、五千件分の名刺の内容をどこにでも持ち歩ける。営業マンなどは重宝している。

「そんな商品なので、よろしかったら、験《ため》しに使ってみてください」

「そうですか。それじゃ、まあ、お言葉に甘えて験しに……」

そう言って一応は収めてくれたが、さほど嬉しそうな顔は見せなかったし、以降も日和に以前ほど愛想のよい顔は見せていない。日和は増岡の機嫌を損《そこ》なったまま、いまだ以前のような関係を取り戻すに至っていないというのが現状だ。

（あの人、ああ見えて、案外難しい人だったんだ）

日和は次第にそんなふうに思うようになっていた。

〈管理人さんの反応はいまひとつだったけど、ハイテクにしてアナログの部分もある写メイシメイトは、ヒヨコ、今一番のおススメ文具。ことに対外関係の職種のかたには。〉

その一件も、写メイシメイトがいかに便利かということも含め、ブログに書いた覚えがある。

その増岡が、一昨日の日曜日、何やら忙しげに管理室とWを行き来していた。オーナーの吉野の姿もちらりと見えた気がした。日和もたまたま出たりはいったりする用事の多い日曜日だったので、何度か増岡と顔を合わせることになった。

「こんにちは」日和は言った。「増岡さん、今日は何だかお忙しそうですね」

「ああ、石屈さん、こんにちは。いえね、Wで急な転出がでることになったんで、部屋の状態のチェックやら何やら……４０３と行ったり来たりで」

「え？　４０３？　もしかして美馬さんですか」

403と耳にして、日和の目は勝手に見開いていた。

「まあ、とにかくそんな次第でちょっとバタバタしているもんで、私はこれで失礼させていただきます」

誰とははっきり答えず、増岡はさっさとまたWのエレベータに乗り込んでいってしまった。でも、Wの403といったら、間違いなく美馬可南子だ。

Wは賃貸だから、当然Eより転入出が多い。したがって、美馬可南子が転出するというのも、とりたてて驚くには当たらない。部屋を借りて住んでいる人間は、転勤なり結婚なり……転居が必要な事情が生じれば、当たり前のように契約を解除して部屋を出ていく。そういうものだ。ただ、日和が気になったのは、増岡が「急な転出」と言ったことだった。それゆえ、ふだんの転出とは異なり、増岡も忙しそうにしていた。

同じマンション、同じ造りの四階の部屋に住んでいたということもある。彼女が日和の目を惹く美形のワーキングウーマンだったということもある。加えて彼女は、日和のブログの主要キャラクターでもあった。むろん、それは日和の側の勝手な役ふりだが。可南子が転出。それも急な転出――日和は何だか妙に気になって、ここは亜以子のコネとばかりに、吉野を捕まえて尋ねてみた。

「ああ、美馬さんね。日和ちゃんだから言うけど、ここ二ヵ月ほど、家賃が滞っていてね。

ご本人から前もって事情を聞いていたから、こちらも督促まではしなかったんだけど」吉野は言った。「でも、美馬さんご本人が、『ここの家賃は、もうちょっと払い続けていけそうにないので』ということで、急遽清算と解約を申し出られてきた。それで、最短での日にちでの転出ということになったんだよ。本当は、一ヵ月前予告というのがお約束だけど、まあ、今回は、こっちもそれは大目に見るというか、そんな感じで」

「事情って、会社が倒産したとか、そういうことですか」

「いや、美馬さんはフリーライターだから。403を自分の居宅兼仕事場にしていた」

「フリーライター……」

マスコミ関連という日和の読みも、あながち的を外してはいなかった訳だ。

「芸能人のゴーストなんかもやってね、一時はずいぶん稼いでいたようだよ。でも、3・11以来、仕事は激減するし……で、頑張りもとうとうここまで、ということになったみたい」

ほかにできることがある訳ではないから、ライターの仕事は続けていくと、可南子は吉野に話したらしい。三鷹暮らしが身に馴染んでいるし、都合もよければ便利もいいので、ひとまず近くのコーポラスに移って、新規蒔き直しを図ってみると。

「駅までは十五、六分かかるみたいだけど、ここの半分以下の家賃の部屋を見つけたって。

新しいし、ネット環境も含めた環境もまずまずのところのようで。ま、よかったんじゃないの」

「コーポラス……ここの半分以下の家賃……」

「ああ」と言ってから、吉野は顔を歪めて小さく舌打ちをした。「つい喋っちゃった。いかんな。日和ちゃん、このことは、絶対他人に言わないでよ。美馬さんの個人情報だし、体面に関わることでもあるから。そうそう、うちが日和ちゃんだけ特別に一万円で車を置かせてあげていることもね」

「はい。それはもうよく承知しています」日和は言った。「どちらも私、言いふらしたりしませんから」

「頼むね」

そんな会話を交わして吉野と別れた。

(二ヵ月滞納……あの牝馬チャンが、そんなにお金に困っていたなんて。いつもきれいにしていたし、そんなふうには全然見えなかったけどな)

日和は心で呟きを漏らしながら、自分の部屋に戻ったものだった。

(仕事が激減……。相当立ち入ってみないとわからないものよね、他人の暮らし向きなんて)

日和は、明日のブログでは、『「ありがとう、ハイセイコー（古……）」ならぬ、「さようなら、牝馬チャン」』と題したブログを書くつもりだった。貧困に陥った牝馬チャン、都落ち――。

人から見れば、今の日和は、他人の不幸とまで言えば些か大袈裟だろうが、やはり他人の不幸に多少興奮を覚えている。相手が見知らぬ人間ではなく、同じマンションで暮らしていた注目の女性であっただけになおさらだった。他人の不幸は蜜の味――結局は、そういうものなのだろうか。思ってから、日和はすぐに首を振っていた。

（不幸といったら私も不幸よ。ううん、不幸は言い過ぎ。若干アンラッキーっていうところかな。牝馬チャンのことに興奮しちゃうのは、私にしてみればちょっとした鬱憤晴らし。ストレス発散）

実を言えば、ハイネス高輪でのパーティーは日和にとって、ブログに書いたほどよいものではなかった。むしろ、よろしくないものだったと言った方が正しい。不面目でミステリアスで、どうしてあんなことが起きたのか、どう申し開きをすれば面目を回復できるのか……以来、日和は頭を悩ませ続けている。

（だからよ）

自分よりも逆風に喘いでいる人が身近にいたことに、蜜ほどの甘さは感じないまでも、どこかほっとしているし、やや気持ちが浮き立っている。

（私はべつに牝馬チャンの不幸を喜んでいる訳じゃない）

キッチンで簡単な夕食の支度をしながら、日和は心で言い訳していた。

4

「日和ちゃん、前にも一度釘を刺しておいたし、昨日も私、言ったはずよ」

ハイネス高輪の会場で顔を合わせるなり、日和は成子に言われた。その顔は、困惑げに曇り、不機嫌そうでもあった。が、当の日和にしてみれば、成子が何のことを言っているのかが理解できなかった。

前日言われたのは、前に言われたことの念押しみたいなもので、目立ち過ぎるな、ほどよく振る舞え……そんなようなことだった。それは日和も心得ているし、何せたった今、会場に着いたばかりだ。目立つも何もあったものではない。ドレスも、ここぞとばかりカクテルドレスで出席したいのを我慢して、レース使いの淡いクリームのおとなしめのドレスに抑えた。ドレス……ワンピースと言った方がいいぐらいのものだ。

「成子さん、私、何か？……」

日和は本心きょとんとなって、いくらか目を見開いて成子に言った。

「花よ、花」成子はくぐもった低い声で言って、それから日和の手を引っ張った。「いいからこっち」

腕を引かれて連れていかれたのは、控室の裏手の通路で、そこには、ど派手なスプレーで装飾が施された大きな花籠が置かれていた。クリスマスの頃、金粉銀粉の混じった青や、七色混じったようなスプレーで装飾を施されたポインセチアを見かけることがあるが、その生花版とでも言ったらいいだろうか。まるでせっかくの花をスプレーで汚したような花束だった。悪趣味なること甚だしい。

「どうしてこんなものを……」

「え?」

成子のげんなりとした呟きに、花籠にこれ見よがしに添えられている札を見た。「祝ゴールドデザイン賞・祝ご出版　㈱メイト　石屈日和」——そこには、黒々とした墨でそうあった。しかもでかでかとだ。これには日和の方が仰天して目を剝《む》いてしまった。

「あなたが花好きなことは知っている。だからこそ不思議だし、理解できない」まわりに人の目と耳がないだけに、内なる不機嫌を顔にも声にも剝きだしにして成子は言った。

「私が忠告しておいたから、メイトの社員として花を贈るようなこともしないだろうと思っていたのに、何なの、この花は？　まるで葬式用の花輪じゃないだけまだマシというような花じゃないの。私たちが少し早めに会場入りしていたからいいようなものの、これが来客の目に晒《さら》されていたらと考えたら、私は眩暈《めまい》がしてくるようだったわよ」

「せ、成子さん、待ってください」まだひとしきり文句を言い続けそうな成子を制するように、慌てて日和は言葉を差し挟んだ。「これ、私……私が贈ったって、そうおっしゃってるんですか」

「おっしゃってるも何も、石屈日和と書いてあるじゃないの」

「誤解です。いえ、何かの間違いです。これ、私が贈ったものじゃありません。成子さんから前もって言われていたので、私、花を贈るようなことはしていません。ましてやこんな花なんか」

「じゃあ、誰が？」

「それは私にも……」

「いずれにしても参ったわよ。言っとくけど、石屈さん——石屈亮太氏の目には触れてしまったからね。これを目にした時の石屈さんの顔」

そう言ってから、絶望的とでも言うかのように、成子は天を仰いで頭を左右に振った。

その先は、日和も聞かなくてもわかった。亮太は洗練されたセンスの持ち主だし、それが石屈亮太デザイン、石屈亮太作品の最大の魅力だ。そのパーティーに、こんな悪趣味な花が届いただけでも眉を顰めずにはいられないところ、そこに石屈の名前があったら、成子同様、天を仰いで頭を左右に振らずにはいられなかったろう。一族にこれほどまでに趣味の悪い人間がいるとなれば、亮太にだってケチがつく。見るなり〝Ｏｈ ｍｙ ｇｏｄ！〟の心境だったに違いない。

「うちの社名と日和ちゃんの名前があるだけに、『即座に撤去しろ』と言う訳にもいかず、扱いにほとほと困ってらした感じ。心底参ったというお顔をなさってた」

表にはださず、一応控室に取り込んであったのを、「これはうちで撤去させていただきます」と、井筒と成子が慌てて裏通路に引き揚げたらしい。

「だけど、私、本当に」日和は言った。「こんな花を贈った覚えはないんです」

「日和ちゃんがそう言うならそうでしょう。いつものあなたの趣味とはまったく違うし。でもね、うちの社名、あなたの名前で贈られてきてしまった。それは事実なのよ」

「………」

「石屈さんには、何かの間違いでこういうことになった、間違っても日和ちゃんはあんな花を贈ったりしていない――そのことを、きちんと伝えておいた方がいいわ。いえ、そうしてもらわないとうちも困るの。頼んだわね」

「わかりました」

「それと、もうこれでたくさん。今日はもうこれ以上、私たちを慌てさせることはしないでちょうだい。子羊よりも目立たずおとなしくしていて。いいわね」

亮太には、あれは日和が贈った花ではないということは何とか伝えた。とはいえ、亮太はパーティーの主役だから、ゆっくり話す時間はなかったし、にこやかに「おめでとうございます」と挨拶するはずが、まずは弁解からのスタートになってしまい、日和も狼狽えてしまってしどろもどろだった。肝心のお祝いをちゃんと言えたかどうかも、ろくに覚えていない。ただ、亮太はわかってくれたし、頰笑みをもって日和に返してくれた。

「わかってる。わかってるから大丈夫。日和ちゃんは気にしないで今日のパーティーを楽しんで。顔が見られてよかったよ」

亮太はそう言ってくれたが、背後に成子の険しく鋭い目が光っているのを痛いぐらいに肌で感じていては、とてもではないがパーティーを楽しむどころではない。この場には存在しないかのように密やかにしているほかなかった。そして、頭では考え続けていた。いったいどこの誰があんな花を日和の名前で贈ったのか——。

「どうしちゃったのよ、日和ちゃん。さっきから難しい顔して物陰の方にばっかり引っ込んじゃって」亜以子に言われた。「せっかくの叔父さんのパーティーじゃないの。それにここのお料理、美味しいのよ。こういう席に参加したら、遠慮しないで食べなくちゃ」

「何かあったの？」母の江津子にも言われた。「今日のヒヨちゃん、何だか暗い。おめでたい席にそんな顔をしていたらおかしいわよ」

言われると、はっとなって日和も顔に笑みを繕ってみるのだが、気づくとまた曇った顔で心持ち眉根を寄せて考えている。いったい誰が？　どういうつもりで？　このところ何か変よ——。

日和の郵便物が転送されていた高田馬場のテラコーポ201に関しては、一応当たってみた。借りているのは泉谷《いずみや》という二十代のサラリーマンらしかった。泉谷——日和には覚えのない苗字だ。それに泉谷は仕事上の都合か何かで、この一年ほど部屋を空けていることが多いようだった。

「ベトナムだかタイだかに、長期出張じゃないのかな」

あれこれ理由をつけて、隣室の人に尋ねてみると、そんなふうに言っていた。

「あの、その間——ここ三ヵ月ほどのことですけど、メールボックスのネームプレートに、違う苗字が書かれていたことはありませんでしたか」

日和は訊いた。

「さあ……。僕は気がつかなかったけど」

聞いた話だ。だが、郵便というのは信書の秘密というのがある一方で、案外杜撰《ずさん》なものだという。表にでている名前は違っても、また、そこにごく小さくべつの名前が書かれているだけで、住所さえ合っていれば、配達員は、配達、投函していくものらしい。

パーティーがそろそろ終わろうかという頃、日和は会場を脱けだして、あの悪趣味を絵に描いたような花籠が、どこの花屋から届いたか確かめてきた。結果、今回〝石屈日和〟から依頼されて、あのど派手にして悪趣味な花籠をハイネス高輪に届けたのは、渋谷の「DQNデコ」だとわかった。

(え？　DQN？……ドキュンデコ？)

聞いた途端、目をやや見開いて、日和は心で言っていた。何とかフラワーでもなければ何とかフローリストでもなく、DQNデコ。

DQN＝ドキュンというのは、ネットスラングだ。最初はヤンキーを指す言葉だったのが、そこから派生して、「手がつけられない」「最悪」「酷い」「バカ」「とんでもない」といった意味を持つようになった。たとえば、本名が悪魔とかリボンといった名前の人間がいるとする。そういう名前をDQNネームと記したり、ドキュンネームと言ったりする。

日和は、「DQNデコ」に電話で問い合わせてみた。

電話による女性からの依頼で、インターネットのホームページに載せている商品の注文があり、代金もきちんと振り込まれたので、指示通りに札をつけ、ハイネス高輪・富貴の間、石屈亮太のパーティー宛に発送したという。

「その女性、石屈日和と名乗ったんですね?」日和は、念を押すように確認した。「その名前で花籠を贈ってほしいと」

「はい」

「その人、いくつぐらいの女性でしたでしょうか」

「お電話でお話ししただけですので、はっきりとはわかりませんが、三十二、三……比較的お若い感じの声のお客様でした」

「DQNデコ」は、店名からわかるように、人の度肝を抜くようなオーナメントやデコレーションをあえて提供している店だ。客層は若く、それこそ元ヤンキー同士の結婚式の二次会、仲間うちのどっきりパーティー……そうした場での提供が主流で、ハイネス高輪で催されるようなパーティーでの依頼はまずないと言っていい。それだけに、店の方でも多少奇妙に感じたようだった。だが、ハイネス高輪でも、芸能人やお笑い芸人のパーティーがない訳ではない。それに注文は注文だ。だから、指定の花籠を届けた。

日和は、自分が店の人間に住所、電話番号を告げる恰好で、その女性が口にした住所と電話番号を確認した。三鷹市上連雀サンホークス連雀E1403……電話番号もまた、まさしく日和のそれだった。聞いて余計に気持ちが悪くなった。

日和は、転居届などだした覚えはない。泉谷という三十代の男性にも心当たりはない。むろん「ＤＱＮデコ」にも、あんな花など注文していない。けれども、注文した女性は日和の名前を名乗り、住所、電話番号も、日和のそれを正しく告げている。

日和の背後で誰かが何らかの意図あって、動いていることは間違いなかった。それも、日和にとって好ましくない方向に。

(以来、私はケチのつきっ放し)

日和は心で嘆いた。

(成子さんには睨まれるし、井筒専務にだって……)

パーティーの翌々日だったか、商品部の朝礼で、部長の寺脇ではなく、珍しく井筒が朝の挨拶と話をした。

「スポーツ選手のみならず、社会人も自己管理が基本――いまさら言うまでもないことですが。ただ、ここで私が言っている自己管理とは、メイトの社員としてという枠でのことです。誤解しないでいただきたいのは、私はメイトの社員という枠で枷をはめ、範囲を狭めた自己管理を言っているのではなく、逆に範囲を広げた自己管理のことを言っているということです。言っている意味、わかりますか。例を挙げるなら、会社のパソコンひとつとってもそれが当てはまります。あくまでも、メイトの社員としての使い方を心がけていただきたいし、情報漏洩にも細心の注意を払っていただきたい。自身のパソコンも自己のうち——パソコンに限らず、社にあっては、そういう意識と自覚を持って自身の管理をきちんとしていただきたい。そういうことです」

井筒の訓示の途中、日和は卯月の意識が自分に向かっているのを感じた。直一郎、寺脇、渡辺……幾人かの視線もだ。どれも刹那《せつな》のことではあったが、ぴりっと電気が走ったように肌に痛かった。「それ、日和さんのことですよ」——もちろん無言だ。が、卯月の心の囁きまで耳に聞こえてくるようだった。

恐らく榎戸の報告が、幾人かの上司を介して井筒のところまで上がったのだ。加えてパーティーでの一件がある。成子からの報告で、井筒も亮太の身内である日和が、あんな場違いで奇抜な花籠を贈ったのではないということは了解、納得してくれた。が、日和でないとすれば、それはそれで問題だ。ことによると井筒の方が下の人間に、日和に何か問題がないかを尋ねたのかもしれない。結果、最近パソコントラブルがあったことが判明し、それを井筒は、日和のメイトの社員としての自覚の薄さ、脇の甘さと感じたのかもしれない。

(何でよ? どうしてこういうことになるの? 私が悪いしいけない訳?)

そんな気持ちが胸から去っていかず、気づくと日和自身、不機嫌になっている。そんな折に知った可南子の不遇だ。つい自分よりも大変な状況に置かれている人がいると、若干の優越感を含んだ安堵感を覚えずにはいられなかった。

(でも、ただ安心しているだけじゃ駄目よ)

日和は自らを戒めるように思った。

(いったい誰が郵便物を転送させたりあんな花を贈ったり……それを突き止めないと。パソコントラブルにしたって絶対おかしい)

パソコントラブルも誰かが仕かけた嫌がらせだとすると、その誰かは会社の人間という公算が断然高くなる。

(会社の人間、メイトの誰か?)

そこでたいがい日和は行き詰まったようになって、思考停止に似た状態に陥ってしまう。次々社の人間の顔を思い浮かべてみるのだが、どの人間にもピンとくるものがない。日和はこれまで社の人間の誰ともトラブルになったことがない。

果てに、一人の男性の顔が勝手に脳裏に浮かんでくる。ただし、それはメイトの人間ではないし、名前も素性も知らない男性だ。

亮太のパーティー会場でのことだ。ついつい考え込んで、暗い面持ちで俯き加減になっていた時、日和は背後から自分に注がれている誰かの視線を感じて、本能的に顔を上げて振り返った。すると、そこには短く刈った髪をグロスのワックスでさらに立たせた三十ぐらいの男性の姿があった。そして、彼はたしかに日和を見ていた。

大柄な男性ではない。中肉中背をひと回り小さくした感じ。彼は、スパンコールのはいった黒のTシャツに鋲打ちのある黒の細いパンツ、それに洗い晒しといった感じの黒のショートジャケットをざくっといった感じで着ていた。靴もジャケットと同じような色と質感。あの種のパーティーに出席するには砕けた服装と言えたが、デザイナーはじめクリエーターの来客も多かったので、フォーマルな服装の男性ばかりではなかった。だから、さほど場違いな感じはしなかった。それに、ネックレス、指輪、ピアスといった銀のアクセサリーといい、着こなしといい、それなりに統一感があったしセンスも感じられた。日和と目が合っても、彼はたじろぐこともなければ目を逸らすこともなく、逆に軽く頬笑んでみせたほどだ。ちょっと悪戯っぽい笑みで、瞳がきらきらしていたことが印象に残っている。

彼とまともに目が合って、日和は一拍置いてからだが、思わず軽く会釈をしていた。

(どこかで会ったかな?)

そう感じたからだ。何となくだが、見覚えがある。だが、どこでどういうふうに会ったか思い出せない。知っている人というまでの記憶はない。正直、そんな感じだった。

日和の会釈に対して、彼は手にしていたワイングラスをちょっと持ち上げて挨拶を返した。その時も、顔に浮かべた笑みはそのままだったし、瞳もやはり輝いていた。

(結局、あれは誰だったんだろう?)

時々脳裏に浮上してくるのだが、まだ日和は思い出すことができない。言葉を交わした記憶はないから、知っているにしても、顔を合わせたことがあるといった程度の気がした。でも、どこでというシーンの記憶がやはりない。いくら掘り起こしてみても、光景が浮かんでこない。

にもかかわらず、どこかで会ったことがあるという自分の感覚を、誤りとして消してしまうことができないのは、彼の視線、頬笑みが、どこか意味深長だったからだ。もっと言うなら、彼は視線と頬笑みで、日和に何かを語りかけていた。そんな気がしてならない。

彼の顔や表情を今度は意識的にもう一度脳裏に思い浮かべてから、日和は小さく首を横に振った。駄目だ。やっぱり思い出せない——。

(知らない人だったのかな?)

思ってまた首を横に振る。

(ううん、知ってる。どこかで会ったことがある)

日和は些かうんざりしたように息をついた。このところ、何だかわからないことが多過ぎる。いつも胸がもやついているし、ほんの少しではあるものの、心もざわついている。

（それでも牝馬チャンよりマシ）

ここで可南子を引き合いにだすのは失礼というものかもしれない。だが、私は職を失った訳でもなければ、住まいを今の家賃の半分以下のところに変えなければならなくなった訳でもない。私は何も失っていない——日和はそう思って、前を向いて顔を上げるよりほか、自分の気持ちを保ち守る術を知らなかった。

第四章

＊

ヒヨコさん、あなた、お気楽というか太平楽というか、ほんと、呑気《のんき》だよねえ。まだ自分の身に起きていることがわかっていない。もう聞こえていていいはずの警戒警報がまるで聞こえていないし、危機意識もてんで薄い。ピリピリした空気が全然こっちに伝わってこないもの。いやあ、呆れるよりも感心しちゃうな。

やっぱり育ちがいいんだろうね。家族も含めて、いい人たちに囲まれて恵まれて育ったし、まわりがいい人たちばっかりだったから、ヒヨコさんも実際いい人だもん。静岡という土地柄もあるのかな。沼津……温暖だし、いいところだよね。ヒヨコさんも、性格は実に素直だし、のんびりしていて穏やかで、人を疑うってことを知らない。善人もいいところだし、お人好しだよね。だけど、こうなってくると、そのお気楽さが羨ましいような、羨ましくないような。下手したらあなた、アホだよ、アホ。ただのアホ。呑気とお人好しもここまでくると、ちょっとねえ。

いやあ、まさにそれなんだよね。そこが大いに問題な訳で……。知ってる？　二十代の完全失業率、今、約八パーセントなんだよ。三十代は五パーセントを少し超えてるってところかな。今はそういう時代なの。つまり、きょうび、何らストレスなく楽をして、悠々と生活を送れている人なんてそうそういない、そういうこと。少なくともこの東京にはね。勝ち組、負け組って区分けや言葉は嫌いだけど、二十代、三十代の勝ち組なんてほんのひと握り。おまけに自分は特別努力せずに勝ち組になっているという人は稀。ひと握りのうちのそのまたひと握りっていうところだろうね。ま、ヒヨコさんがそれだし、それだった訳だけど。これまでは。そう、これまではね。

ヒヨコさんは厳寒の季節にあっても、よく整備された室内スケートリンクの上に立っているようなものだった。外から寒風ははいってこないし、足元は磐石。ほかの人たちの多くは、寒風吹き荒ぶ湖の氷の上に、震えながら立っていたりするのに。それもヒヨコさんは、室内スケートリンクへの入場券や入場する権利を、労せず人からただでもらってさ。ヒヨコさん、それがずっと続くと思ってたでしょ？　ううん、それどころか、この先はさらに快適でしあわせな場所に移行できるって思ってた。そうだよね？　もう冷たい氷の上でもない。堅牢な建物のコンクリートの床の上。しかも部屋のなかは温かい。部屋の窓から見える景色も春。そんな場所、そんな季節に。

ヒヨコさん、あなたはちっとも悪くない。何遍も言ってるように、あなた、ほんといい人だ、善人だ。でもね、まわりの人間は、なかなかあなたみたいな訳にはいかない。みんなそれなりに苦労しているし喘いでいる。それでも室内スケートリンクにはいれない人間がいっぱいいる。そういう人間からしたらさ、あなたみたいな女は……何て言ったらいいか……そう、癪の種だし目障りなんだ。あなたの居場所を強奪して自分のものにできないまでも、あなたが労せず手にしている権利ぐらいは剝奪したいと思ったりもするものなんだよ。

ここで引き合いにだすのも何だけど、ヒヨコさん、平将門《たいらのまさかど》って知ってる？　いや、もちろん知ってはいるだろうけど。平将門って、一時は関東統一を果して、自ら「新皇」と称して、破竹の勢いだったんだよ。お天道さま、つまりは朝廷さえ敵にまわしてね。最後の合戦でも、軍勢では圧倒的に勝る連合軍相手に北風を追い風として疾風怒濤の勢い。もはや敵は撃破というところまできて、将門は凱旋《がいせん》よろしく自陣に戻ろうしていた。その時、突如として風向きが南風に変わった。

風向きが変わるまでは、まるでペガサスに乗っているかのようだったのに、向かい風を食らった馬の足が乱れに乱れて、進むも逃げるもままならない。まさに駿馬が駄馬。そう、馬だよ、馬。で、将門は敵に矢で額を射抜かれてあえなく討ち死に。

この話、何か好きでね。一種の寓話か説話になっていると思うから。将門は、強運の持ち主だった。ことに戦においてはね。ところが、不意に風向きが変わった途端にその強運も尽きた。すとんと運が落ちたんだ。

つまり、どんな運のいい人でも、それがずっと続くとは限らないし、運が落ちたり尽きたりする時は一気だし、本当に突然。将門の最期って、それを象徴的に表していると思わない？

ヒヨコさんを見てるとね、どういう訳だか、この話を思い出すんだ。ヒヨコさんちが、洞穴みたいな暗い苗字なのに、お日様みたいな屋号と名前を持っているからかな。

さてさて、いかに人を疑うことを知らないヒヨコさんでも、時に冷たい隙間風が、自分の頬や首筋を撫でていっているのぐらいは、そろそろ感じている頃だよね。ねえ、ヒヨコさん、一度自分のまわりをぐるっとしっかり見回してごらんよ。壁にひびがはいっていない？　しっかり閉じられていた分厚い窓ガラスが開いていない？　窓のガラスが割れていない？

磐石だった足元の氷も見た方がいいね。それも壁同様にひび割れているし、よくよく見ればば氷も薄くなっていて、まさに薄氷だったりしないかな？　落ちたら大変。氷の下の水は、身が凍えるほどに冷たいよ。それに、氷の下って、思っているよりずっと暗いんだよね。それこそ洞穴みたいにさ。上とはまるで別世界。氷の下に落ちたら、きっとヒヨコさんもいっぺんに目が覚める。目が覚めた時……時すでに遅しじゃないといいけどね。ヒヨコさんの健闘を祈るよ。あ、そういえば、平清盛も、瀬戸内海の運河工事をした時に、日没に工事を邪魔されるのが嫌さに、扇で沈む日を招き返したんだったっけ。そういうことをするとね、罰が当たるの。で、瘧《おこり》の病で呆っ気なく死去。ヒヨコさん、やっぱり平氏の系統じゃないの？　何だかそんな気がしてきたなあ。日招きなんてしたら駄目だからね。人は自分の身のほどを知らないと。

1

夏が終わろうとしていた。

というか、暦の上での秋は疾《と》うにやってきているし、旧暦ならずとも、新暦九月といったらもう秋だ。

夏は、たしかに終わりつつあるのだと思う。けれども、太陽の勢いは、日によっては真夏並みに盛ん、かつ強烈で、まだまだ紫外線対策を怠れないし、みんな半袖、夏服という出で立ちだ。この夏の背後に冷たい冬が控えているというのが、今のところは信じられない。

でも、日和は秋のなかにいた。いや、日和のなかに秋があると言った方が正確だろうか。からだのなかに秋風が吹いているし、時として肌にも身を震わせたくなるようなうそ寒さを覚える。日和一人の個人的な秋、それも晩秋。

悪い意味でのきっかけは、亮太のパーティーだった。そして、朝礼での井筒の訓示。あれ以降、社内の空気がぐんぐん変わっていった。社の雰囲気や社風ではなく、日和を取り巻く社内の空気、日和に向かって吹いてくる社内の風がだ。

上の人間は無視、冷ややかな眼差し、同僚や後輩たちは敬遠、知らぬ顔の空とぼけ——どちらにしても、シカトバージョンだし、学校だったらこれはいじめだと思ったりする。これまで自分の方からぺちゃくちゃ喋りかけてきていた卯月さえもが、触らぬ神に祟りなしといった感じで、ふだんは素知らぬ顔をしているし、時に口を開けば、冷たいだけでなく辛辣《しんらつ》だ。

「あーあ、疲れた。日和さんの割を食ったっていうか、全社員がつき合わされた感じ」

「企業としてのメイト、そのコンプライアンス」というセミナーがあった後だ。デスクに戻ってきた卯月が、視線を日和に向けることもなく、ひとりごちるように冷たく吐き捨てた。社長の鍛冶はじめ、役員全員が顔を揃えての全社員集合のセミナーだっただけに、たしかに時間もかかったし、やはり多少は気も張った。だから、日和もくたびれた。けれども、日和の割を食ったとか、つき合わされているという卯月の言葉の意味がわからなかった。コンプライアンス——法令遵守、ことに企業活動において、社会的道徳規範に反することなく業務を行なうことだ。それに関するセミナーが、どう日和と関係があるというのか。

「これでお終《しま》いならいいけれど、これがはじまりっていうんだから敵《かな》わない」

日和は、呆っ気にとられたようになってぽかんとしているばかりだったが、卯月はそんな日和にまるで頓着することなく続けてそう言った。やはり視線は前に据えられたままで、日和を見てはいなかった。

セミナーは、今日ほど大がかりではないものの、今後もコンプライアンスプログラムなるものに基づいて、折々開かれるということだった。卯月がそれを嘆いているというのは、むろん日和にもわかったが。

「やだな。ガイドラインだ、トラブルシューティングだ……って、あれにもこれにもマニュアル色が濃くなって、絶対息苦しくなるに決まってる。セミナーも、時間を取られて鬱陶しい。いっそのこと、ターゲットだけのセミナーにしてくれればいいのに」

言ってから、突如、卯月が日和に顔を向けた。その顔を見て日和はぎょっとした。この娘は、こんな顔つき、目つきをすることがあるのかとびっくりするような、冷たく鋭い顔と目をしていたからだ。そして卯月は日和さんに言い放った。

「わかってます？　ターゲットは日和さんですよ。そのうち査問委員会とか開かれたりして」

「ウーちゃん、ねえ、何のこと？　私がターゲットって、あなた、何を言ってるの？」

ぽかんとしながらも、ようやく日和も卯月に尋ね返した。しかし、卯月は、それには何も答えなかった。ただ、「私は、今日は用がありますので、これでお先に」と、ついと席を立ってしまった。やっぱり無視は無視だ。一方的に責めの言葉を吐いての無視。

日和は成子からも呼びだされて、個別に指導を受けた。指導——いや、注意、叱責と言うべきかもしれない。しかし、これも卯月の言葉同様、日和には理解し難いものだった。

「日和さん、あなたはメイトの創業者の一人である石屈壮太郎氏の孫娘だし、デザイナーとしてメイトに大きく貢献してくださっている石屈亮太氏の姪よ。それは私たちもよく承知している」成子は言った。「でも、あなたは小野寺さんや広瀬さん、それに中山さんといった人と同じく、単なるメイトの一社員。それが現実のありようなの。そこをきちんと認識してもらわないと困るのよね。うちもこれまで、家族的で和気靄々としすぎてきたところがある。それはメイトの反省点であり、これから改善していかなくてはならないことだと思ってる。たとえば姓ではなく名前で呼んだり、愛称で呼んだり……そういうことはもう改めるべきところにきていると思うのよ。だから、本当はあなたのことも、日和さんではなく、石屈さんと呼びたいし呼ぶべきなんだけど、それがあなたに関しては適用できない。そこが困った点というか悩ましいところで」

「日和ちゃん」ではなく「日和さん」——成子が日和をそう呼んでいるだけでも、成子の機嫌の悪さが窺われる。おまけに、「日和さん」であっても問題だと成子は言っている。

「はあ……」

これもコンプライアンスプログラムの一環だろうと思いながらも、何かもうひとつぴんとこず、日和は曖昧《あいまい》な相槌を打った。

「しょうがないから、あなたのことは、これからも日和さんと呼ぶわ。私だけでなくほかの社員もね。ただ、あなたは、それは名前で呼んでもらっているのではなく、苗字で呼ばれているのだと解釈してほしいのよ。つまり、苗字が日和、そういうことね」

「はあ……」

またしても、つい日和は先刻と同じような相槌を打っていた。

「私の言ってること、ちゃんとわかってくれているかしら？　あなたはね、はっきり言ってしまえば、ある意味何者でもないの。一番困るのは、あなたが石屈一族であるがゆえに、その上に乗っかって、とんだ勘違いをすること。何者でもない人間が、勘違いをして何様になってしまうということぐらい、傍《はた》迷惑なことはないのよ。ことに、対外的な顔を持つ企業においてはね。そうね、あなたは石屈ではあるけれど、日和という一兵卒——そういう自覚をしっかり持って、メイトの社員として行動してほしいし、そうしてもらわなくては困るのよ。わかる？」

「はい」

今度は日和も明確な返事をした。

石屈一族の一人であることに甘えるな、驕《おご》るな——成子が言っているのはそういうことだろう。けれども、それは言われなくてもわかっているし、日和はこれまでそのことに甘えたり驕《おご》ったりしてきた覚えはない。それだけに、どうして今になってそれを改めて言われなければならないのかが、実のところまったく理解できていなかった。

「本当にわかってる？　もうこれ以上のことを私に言わせないでね。あなたももう三十、いい大人であり社会人なんだから」

「あの、私は、石屈の祖父や叔父の威光をかさにきたり甘えたりしているつもりはべつに――」

やっとのことで日和は言った。しかし、成子はみなまで言わせずぴしゃりと跳ね返した。

「ならば結構」

言葉だけ取れば許容だが、「問答無用!」といった調子だったたし、顔つきもまた険しく、日和の目にはやや顰めっ面をしているように映った。見ていて、心のなかの舌打ちの音が聞こえてくるような顔でもあった。

「あなたにその自覚がきちんとあるのならばいいわ」一拍置いてから、成子は言った。

「ただし、いま一度、自分の身や身のまわりを振り返ってちょうだい。出勤する時に鏡の前で身だしなみを整えるみたいに、自分の言動その他、もう一遍よく確認してちょうだい。私が今、あなたに言いたいのはそれだけ」

(何だか石屈の姓を持つ私が邪魔、荷厄介、そんな言いようだった。まるでいっそ辞めていなくなってくれたらいいのにって言っているみたいで)

成子から指導だか注意だかを受けてからもう何日か経つが、未だに日和はその時のことを思い出すと気が滅入《めい》るし気が塞ぐ。いや、思い出さずにいられないし、落ち込まずにはいられないのは、成子ばかりではなく、社内の空気が日和に対して冷たいからだ。そういう冷気のなかに、日々身を置いているからだ。

(どうしてこんなことになっちゃったんだろう。村八分ってこういうこと？　私、まるで「えんがちょ」みたい)

気づくと日和は考えている。

(いったい何だって言うの？　私が何をしたって言うの？　まだ亮太叔父さんのパーティーの時の花のことが問題な訳？　それにしたって、べつに私がしたことじゃない。誰かほかの人間がしたことなのに。その人間を突き止めることの方が優先されて然るべきじゃないの？　きっと私の出席をやっかんだ、社内の誰かに違いないんだから。だいたいパーティーに出席したのだって、私自らが望んだことじゃない。叔父さんから招待されたからよ。それが石屈の姓の上に胡座《あぐら》を搔いていることになる訳？　そんな……そんなことを言われたって……)

人の噂も七十五日――この逆風と秋風も、じっと辛抱していれば、じきに去っていくだろうと思っているし、意識的にそう思うようにしている。何せ日和は現実には、何も悪いことはしていないのだから。周囲が、日和に非はないし問題はないと理解してくれたら、きっと空気は元に戻る。

(それにしたって……)

日和の嘆きが治まらないのは、ここにきて、公私の公のみならず、私の面でも不運続きだからだ。

車は乗らないでいると調子が下がるので、時にはN BOXにも乗らなくては……と駐車場に行ってみたところ、ボディのちょうどドアのあたりに、バイクか自転車に当てられて擦られたような、無残な傷が横に五、六十センチほどついていた。へこみまではしていなかったが、塗料が剝がれてグレーの地が少し見えていた。

たかが傷だ。とはいえ、それを目にした時は血の気が退いた。

「えっ、嘘!」

声にだして言ってから、もう一度それが自分のN BOXか確認して、傷をじっくり見直したほどだ。些か言いようは大袈裟かもしれないが、日和にしてみれば青天の霹靂《へきれき》、現実とは信じられない出来事だった。と同時に、ある種の禍々しさを覚えた。駐車場での出来事だ。なのに、こんな長い擦り傷ができているということは、誰かがわざと自転車をぶつけて擦ったのではないか——そんな気がしたからだ。

新車を外に駐めておくと、嫌がらせと悪戯で、コインで傷をつけられたりする。そういう話は耳にしていたが、ここまでの傷となると性質《たち》が悪い。

（うわ……せっかくの新車がもう傷物。見事な中古になっちゃった）

泣きたいような思いになって、その日は車に乗るのを辞めて家に戻ってしまった。家に戻っても、胸のざわつきが治まらず、ざわざわどきどきするのに負けて、つい亜以子に電話をしてしまった。すると亜以子は、あまり愛想の感じられない声で言った。

「え、日和ちゃん、もう擦っちゃったの？　まあ、あなたにあげた車だからべつにいいけど」

「違うって、叔母ちゃん。置いておいたら擦られてたのよ。私、ショックで……」

日和は泣きそうな声で、傷の程度を亜以子に伝えた。

「修理にだした方がいいわね」それに対して亜以子は言った。「地が見えているとなると、放っておくと錆るから」

「修理って、どのくらいかかるのかしら？」

「同じ色の塗料があれば、ちょっと誤魔化すみたいにそこの部分だけ塗ってもらえばいいけど、あのN　BOXの色だとねえ……。ドア一枚ってことになったら、やっぱり最低七、八万はかかるんじゃないかしら」

「七、八万──」

そこでまた血の気が退いた。「最悪だ！」と、心が叫びを上げていた。

「保険にはいっているでしょ？　だから、それは保険で払えばいい。来年、保険料は多少高くなるでしょうけど。まあ、自分にも他人にも怪我がなくてよかったと諦めるしかないわよ」

たしかに保険を使えば、いったん金は財布からでていっても、その分は後で返ってくる。そうは言っても、早速保険を使うのかと思うと、どうしたって気が滅入った。しかも自分でつけたのではない傷のために。

「でも、ショックだなあ」

諦めがつかないというように日和が言うと、電話の向こうの亜以子が、やや不穏な声音《こわね》と口調で言った。

「あげたことが災いしたみたいね。悪いわね、あなたに迷惑かけちゃって」

「あ。そういうことじゃなく――」

「どうなのかしらね。つけられた傷かもしれないけど、ひょっとすると、日和ちゃんにも不注意な点があるのかも」

「………」

思いがけない亜以子の反応と言葉に、日和は息を呑むように言葉を失った。

「それが日和ちゃんの車だと知ってて、誰かがわざと傷をつけたのならばね」続けて亜以子は言った。「他人の反感買ってない？　大丈夫？　今はいろんな人がいるから、少し気をつけた方がいいわ」

「わかった……」

けんもほろろといった亜以子の対応に、日和は「つまらないことで電話をして……」と謝ってから、電話を切った。これ以上話していると、余計にわが身の傷を深くしかねないと感じたからだった。

たぶんあの日は、亜以子は機嫌があまりよろしくなかったのだと思う。もしかすると、何か面白くないことがあったのかもしれない。元が陽気で朗らかな人だし、肝も据わっていればおおらかな人でもある。だから、亜以子のふだんよりも冷やかで素っ気ない対応は、それほど気にすることはないと思う。ただ、「ひょっとすると、日和ちゃんにも不注意な点があるのかも」「誰かがわざと傷をつけたのならば」「他人の反感買ってない？」……どれも今現在の社内での状況と合致しているし言い当てている気がして、亜以子とあれ以上話していたら、気分的に土壺にはまりそうで、日和は恐ろしくなったのだ。

（それにしても、亜以子叔母ちゃん、何であんなこと言ったんだろう）

常日頃は、日和に対して亜以子の口からまずでることのない種類の台詞だった。それを頭のなかで反芻しながら、日和はわずかに眉根を寄せて顔を曇らせた。

（もしかして、パーティーのお花の件や何か、亮太叔父さんから叔母ちゃんの耳にもはいったのかな。それで気をつけた方がいいとか他人の反感買ってない？　とか言ったのかな）

考えだすと、頭を掻きむしりたいような気分になった。

（誰よ？　誰があんな奇天烈《きてれつ》な花を私の名前で贈ったのよ？　私が誰かの反感買ってる？　だから、嫌がらせにあんなことをされた？　叔母ちゃんたちはそう思っている訳？）

冗談じゃない——日和は抗弁したい思いだった。日和は人畜無害もいいところ、毒にもならない代わりに薬にもならない。そんな人間だ。人の反感を買うほど目立っていないし尖っていない。なのに、どうしてこんな憂き目を見ているのか、日和にはさっぱり訳がわからなかった。

ただ、郵便物の件といい、花の件といい、誰かが日和に嫌がらせか悪戯を仕かけてきていることは否定できない事実だ。会議資料を入れたドキュメントケースが一時紛失したこと、ＮＢＯＸが傷つけられたこともその一環として加えたら、日和はその誰かにかなりのダメージを与えられていることになる。加えて言うなら、相手はしつこい。やり口が汚いし執拗だ。

（うう……）

思わず心のなかで小さく言って、日和は部屋でひとり身を震わせていた。

2

人の噂も七十五日どころの話ではなかった。悪い予感がどんどん現実のものとなってい
く状況……いや、卯月や成子が口にした言葉が予言のように、次々現実のものとなってき
たと言う方が、より当たっているかもしれない。
「ターゲットは日和さんですよ。そのうち査問委員会とか開かれたりして」
ぽかんとしている日和に卯月は言った。そして成子はこう言った。
「何者でもない人間が、勘違いをして何様になってしまうということぐらい、傍迷惑なこ
とはないのよ」
その日の会社からの帰り、JR中央線のなか、日和は途轍《とてつ》もなくぐったりしていたし、
果てしなく落ち込んでもいた。ずばり査問委員会と銘打たれてはいなかった。しかし、そ
の日、会社で聴き取り調査なるものが行なわれた。聴き取り調査の対象は三人——そのう
ちの一人が日和だった。ほかの二名が誰かは知らない。何を聞かれたのかもわからない。
恐らく日和に関することだと察するのみだ。今の日和にはっきりとわかっているのは、自

分が何を聞かれ、何を疑われているか、そして、自分がどのような状況に置かれているかだった。言ってしまえば不面目もいいところ、最低最悪の状況だ。そして、この先のことに思いを及ばすと、恥ずかしさと居たたまれなさにかっと顔に血がのぼったり、逆に血の気が退いて寒けがしたり……もう自分でも、どうしていいやらわからなかった。

日和は、まずは自分が呼びだされ、メイトの会議室のうちでも一番狭い会議室のなか、専務の井筒と成子を前にして坐っていることに緊張を覚えた。何せ日和が間近に対しているのは、メイトでも強面の青鬼と、同じく強面、次期役員候補の成子だ。それも厳しい顔つきをした井筒と成子。二人の厳しくも冷たい眼《まなこ》にじっと見つめられて、緊張しないでいられるはずがない。このところ、成子の覚えめでたくないことは、日和も重々承知していただけに、当然いい話であるはずがないことはわかっていた。

「日和さんには、前に私が注意したことがあるはずだけど、覚えてる？」成子が言った。「あなたは何者でもない。ただの一兵卒。何様になってもらっては困るし、それが一番傍迷惑なことだって」

「はい」

自然と身の内側の緊張が滲んだ、か細くて押し殺したような声になっていた。

「あなたは、あの時、自分が何様になっていることはないと答えた——そうよね？」

「はい」

念押しをするような成子の言葉に、日和はほんの少し前とまったく同じ調子で返事をした。

「日和君、君、ステマって聞いたことある？」

今度日和に向かって問いを発したのは、成子ではなく井筒だった。

ステマ——ネットで言うステルスマーケットのことだろうと思った。だから、日和はやや自信なげにだが、井筒の言葉に無言ながら頷いた。

ステマ、ことステルスマーケットというのは、芸能人やタレントなど、社会的に影響力のある人間が、特定の社の製品や特定の商品をブログ等で取り上げて、褒めてさりげなく宣伝することだ。たとえば美肌で知られているタレントが、自分がAという化粧品会社の美容液を使っているとか、Bという会社の美顔器を愛用しているとか……あえて宣伝したり勧めたりするのではなく、ブログという日記のなかで、自分の日常の一環として記す。そこがミソだ。事実、そのタレントが、記した美容液なり美顔器なりを使っているかいないかは、この際問題ではない。そのタレントが、AやBといった会社から依頼されてブログで取り上げ、その見返りとして報酬を受け取っていた場合、それがステマとされる。つまりは、レーダーに映らない戦闘機のように、密かに広告宣伝活動を行なうことだ。

ほかにもペニーオークションというのがあって、これは入札ごとに手数料が発生する。それ自体は違法ではないが、悪質なオークションサイトだと、入札があると自動的にコンピュータがその上の金額を入札する設定になっていて、参加者は手数料だけを取られて品物を落札することができない仕組みになっている。そうなると、これはもう詐欺だ。誰だったか、サイト運営者から依頼されたタレントが、そのサイトのオークションで多くの人がほしがるような品物を、市価の十分の一で落札したとブログに書いて、裏で報酬を受け取っていたことが問題になったことがあった。本人は詐欺にも当たる悪質なオークションサイトであったことを知らなかったのかもしれないが、下手をすると詐欺に加担した責任を問われかねない。

それぐらいのネット知識は、日和も持っている。

「会社の方に、苦情というか密告というか、その種のメールが複数届いていてね」成子が言った。「つまり、メイトでは社員をネット上では別人格に仕立てて、広告宣伝活動を行なっているのかというような」

「あるいは、そういったかたちの宣伝活動をするように、社の側が社員に強要しているのかといった内容のメールだね」成子の言葉を受けるように、今度は井筒が日和に言った。

「つまり、わが社は今、ステマ疑惑をかけられている訳だよ」

ステマ疑惑——それでなぜ自分が呼ばれたのか、その時点では日和にもさっぱりわからなかった。だから、日和はきょとんとした顔をしていたと思う。

「送られてきたメールのうちの何通かに共通することがあるのよ。共通する言葉……そうね、コモンワードと言うより、キーワードと言った方がいいかしら」

そう言ってから、成子がじっと日和の目を見た。井筒の目もまた、自分の上にしっかりと据えられているのを日和は感じた。

「キーワードは」ゆっくりとした低い声で成子が続けて言った。「ヒヨヒヨ、もしくはヒヨコ」

その言葉を耳にした途端、日和は全身の毛穴から汗が蒸気となって噴き出すのを感じた。ヒヨヒヨ、ヒヨコ——まさにネット上の日和だ。ヒヨタヒヨコ。ヒヨヒヨ。

「どうやら身に覚えがあるようだね」

井筒に言われても、すぐさま肯定もできなければ否定もできなかった。ここは何とか惚けてやり過ごすべきか否か——突然の心臓への直球に狼狽えるばかりで、日和には即座に判断がつかなかったのだ。こうして電車に乗っていても、まだ、あの時あくまでも惚けるべきだったのか、それとも正直に白状するべきだったのか、日和にはよくわからない。ひとつ言えるのは、どちらを選択していたとしても、この最低最悪の状況に、さほど変わりはなかっただろうということだ。

「詳細に関しては、追々聞かせてもらうけど、さっきも確認したように、私、前にあなたに忠告したはずよ。何様になるなって。そうしたら、あなたはそんなことはないと言った。だけど、ブログでステマができるって、何様だからじゃないの？　だって一般人が書いたって、そうは周囲への影響力がないのがふつうだもの。だからこそ、有名人たちが利用される。そうでしょ？」

「あ……でも、私は……」

「そうよ、あなたはただの社員よ。係長ではあるけど平に等しい」

そう言った成子の表情と口調は、苛立ちをあらわにした、至極鋭いものだった。

「でもね、あなたがメイトの創業者である石屈壮太郎氏の孫娘であり、インダストリアルデザイナーの石屈亮太氏の姪だということになってくると、話は少し違ってくると思うの」

「石屈亮太氏は、ゴールドデザイン賞を連続して受賞しているような、有能かつ有名なデザイナーだ。石屈亮太氏は公人——とまで言えば些か言い過ぎになるが、石屈亮太の名前が商標登録されていることからもわかるように、石屈亮太は、社会的認知を得ているし、社会的責任を負った名前であり存在なんだよ」

「もしもあなたがブログでそれを明らかに示すような、あるいは匂わせるような、そういう記述をしていたとしたら、あなたはただの社員、一般人とはまた違った立ち位置にある存在ということになるわ。だとしたら、ステマも成り立つことは成り立つ」

「まあ、そこには、それを明らかにしていたら、ステマとは言えないのではないかという相互矛盾も発生する訳だが」

「一番よくないのは、ぼんやり匂わせながらも、正体を明かさずに、うちの商品をブログで紹介、宣伝していた場合。あなたのブログを続けて読んでいた人たちの多くが、あなたはひょっとすると石屈亮太氏の姪かもしれない——そう思って、あなたのブログを追っかけていた可能性もある訳だから」

「あ、でも、私は、祖父や叔父のことなんて何も……」

二人の言葉の攻撃の間隙を縫うように、日和は小さな声でようやく抗弁した。そのささやかな自衛行為も、成子のさらなる攻撃によって撃破されたが。今にして思えば、そう抗弁したことが墓穴を掘ったのかもしれない。だとしたら、自爆だ。

「書いてない、そう言う訳?」成子は一気に嵩に回って問い詰めてきた。「あなたはそのつもりかもしれない。だけど、読む人が読んだらわかる、そういうことだってあるでしょう?」

「いえ、そんなことは——」

「壮太郎氏や亮太氏と自分の関係、自分の素性はわからないように、書いていた？　その点に関しては、充分注意を払っていた？　そういうこと？」

「………」

成子の言葉に、思わず日和はこれまでの自分のブログを振り返っていた。

壮太郎を想起、連想させるようなことは、一度も書いた覚えがない。亮太を想起、連想させるようなことは？……パーティー？……でも、あれでパーティーの主役が亮太だとわかる人間が、いったいどれだけいるだろう。

そんなことを考えていて、日和は成子に返答し損なったし、自分の立場を守ることを失念した。

「とにかくあなたは、ネットでブログをやっていた。その点については認める訳ね？　今の発言の流れからすると、そういうことになるものね」

「………」

「だとしたら、やはりブログの中身に関して、第三者による詳細な検証が必要ね。あなた自身の目と感覚では、客観的な判断ができないでしょうから。それによって、あなたの処分も決まる。それは覚悟しておいてね」

何だか、予《あらかじ》め仕かけられていた罠にうまく追い込まれて、むざむざはまってしまったような気分だった。ブログなどやっていない――頑としてそう言い張り、何としても認めなければよかったのかもしれない。だが、あそこまで言うからには、上にはもう日和のブログの存在が知られているのだろうし、その内容についてもある程度は摑んでいるのに相違ない。何しろ、成子は聴き取り調査の最後に言った。

「いい？　家に帰って慌ててブログを消したりしないこと。そうしたら、あなたは言わば証拠を隠滅したことになる。素直に認めて自分から過去から今日までのブログを提出する？　それだと自首ね。まあ、あなたが消そうが消すまいが、一度ネットに流してしまったものは、消し去ることはできないし、こちらも困ることはないけれど」

気づくと日和は電車のなかで、「はあ……」と天を仰ぎ、声にだして溜息をついていた。できれば消したい。抹消したい。「ヒヨコ女の毒舌ピヨピー」を、なかったものとしてこの世から消し去りたい。けれども、それが叶わぬことだとわかっているから、ひたすら途方に暮れている。

(まずいよなあ……私、会社の人たちのことも書いているもの)

成子のことをシゲコ先輩としたのはいい方だが、それにしたって、当の成子が見たら面白くないだろう。セイコではなくシゲコとしているあたりに、成子を揶揄《やゆ》しているニュアンスが感じられる。

(井筒専務は青鬼、榎戸さんは月光仮面……でも、ブチャイクな月光仮面って、書いちゃったっけ)

同期の直一郎のことなど、ブログにおいては糞味噌だ。ネグ坊、ショタきゅん、スネ男、困ったヤツ、使えないヤツ……。

「ああ……」

日和は、今度は溜息ではなく嘆きの声を上げていた。

あれはブログを盛り上げるための脚色、カリカチュアであって、本心日和はまわりの人間のことを、ブログに書いているように思っている訳ではない。それが事実であり真実なのだが、いかに日和がそう弁明したところで、まわりは絶対に納得しないだろう。

それだけでも会社に居づらくなるには充分な状況だが、まだおまけがある。井筒や成子が問題にしているステマだ。

日和にそんなつもりはなかった。だが、写メイシメイトはじめ、日和はメイトの商品をいくつかブログで紹介している。

〈ペン皿、ペーパーウェイト、ペーパーカッター、テープカッター……ヒヨコは自分ちのデスクまわりも、メイトのｓｏｆｉａブランドのシリーズで統一。

ｓｏｆｉａブランドのシリーズは、とにかく大人っぽくてデザインが洗練されてる。なーんか落ち着くんだよねえ。ヒヨ。おまけに遊び心もちょっぴりあって、ヒヨコ大のお気に入り。ヒヨ、ヒヨヒヨッ♪

やっぱり文具は百均ショップなんかで揃えちゃ駄目だね。貧乏臭いよ。部屋も気分も仕事もチープになるピー。〉

そんな調子でだ。ｓｏｆｉａブランドと言えば、石屈亮太デザインだ。上の人間がブログのそうした部分を目にすれば、石屈亮太の姪であることやメイトに勤務していることを告げているも同然だし、これは一種のステマ行為と見做すかもしれない。

（うー、ほんとに最悪……これ以上の最悪ってある？）

日和は内心、頭を抱えずにはいられなかった。

何であんなブログはじめちゃったんだろう、あんなブログ書いちゃったんだろう――。

そう思って、心で頭を抱える一方で、日和は思ってもいた。

（どうして？　どうしてこんなことになっちゃったの？　複数のメール……苦情や密告って、いったい誰が？　だいたい何であの程度の内容で、あれが私だってわかるの？　私が

メイトの社員、石屈日和だって。そんなこと、ふつうはわかるはずがないじゃないの）

快速電車が三鷹駅に着いた。

日和は答えのでないまま、電車を降りた。その背中は丸まり、首はうなだれ、日和は今にも泣きだしそうな顔をしていた。実際のところ、心では、すでに泣きだしていた。

改札をでて階段を下り、駅舎を出ると外は雨。傘はない。どうせ外も雨なら内も雨だ。日和は濡れることももはや辞さず、陰鬱に家路を辿りはじめた。

（そういえば、写メイシメイト……）

今、部屋の抽斗に、写メイシメイトが一台はいっているのを思い出した。郵便物の件で管理人の増岡に不快な思いをさせたので、お詫びとして渡し、一度は受け取ってもらったものだ。ところが、後になって増岡が、それを返しにやってきた。

「やはり私には縁のないものでしたので」

灰色がかった顔をして増岡は言った。いや、実際に灰色の顔をしていた訳ではない。表情を殺しながらも、いくらか険悪なものを滲ませた増岡の顔が、日和の目には灰色に映ったのだ。

「あ、でも……」

日和が言葉を差し挟もうとすると、それを撥ねつけるように増岡は言った。

「石屈さん、困ります。今後一切こういうご心配はなさらないでください」

冷たい声だった。そして増岡は、自分からドアを閉めてしまった。

(そんなに悪いことをした訳じゃない。なのに、あの人、まだ怒ってる)

その一件を思い出し、日和は心でまた嘆いた。

(会社でも逆風。秋風どころか冷たい嵐に見舞われているような状況だっていうのに、それも知らないで……)

今の自分にはどこにも救いがないような気分になって、日和はうなだれたまま、雨に身を濡らしていた。

3

ひよこがね
おにわでぴょこぴょこかくれんぼ
どんなにじょうずにかくれても
きいろいあんよがみえてるよ
だんだんだあれがめっかった

日和は、翌日会社を休んでしまった。まったく情けない話だと思う。こういう時ほど、何事もなかったかのように出勤するのが大人であり社会人だし、言わば自分が無辜《むこ》であることの証明になる。逃げ隠れしたり休んだりして、人の冷たい眼差しを避ければ避けるほど、疚《やま》しいところがあるからだと取られかねない。頭ではわかっているのだが、日和はどうしても胸の内の恥ずかしさや居たたまれなさを押し隠して、平然と社に身を置いているだけの自信が持てなかった。無辜とまで言い切れないことも自分で認識していたし、事実、疚しさを覚えてもいた。それではなかなか胸を張って出社できるものではない。行かなくては、と自らを奮い立たせて着替えかけても、「どの面下げて……」という思いがむくむくと胸の内から湧き起こってきて、意志も足もじきにへなりと萎えてしまう。そして頭を抱えて蹲る。そんなふうにしてぐずぐずと過ごしているうち、もうタイムリミットという時刻を迎え、日和は「風邪で熱があるので今日は休む」と、卯月のケイタイにメールを入れた。直接の上長である渡辺には、始業の時刻になっても連絡できなかった。

かくして日和は欠勤した。かといって、部屋でひとりふとんを被って丸まっていたら、そのことばかりを考えて、気が滅入るどころか、気が変になってしまいそうだった。わかっている。わが身の状況、打開策に善後策……それらについて、いやでも日和は考えなくてはならない。が、一人というのはどうもよろしくない。深夜に物事を考えている時と同じで、つい悪い方、悪い方にばかり、思いと想像を進めてしまう。これ以上の最悪はない――日和はそう思ったはずだった。にもかかわらず、頭はさらなる最悪を生みだし育てていく。慣れ親しんだ自分の部屋にいるはずが、まるで魔界に身を置いているようで、それが何とも恐ろしかった。

会社は休んだが、日和は着替え、化粧もして、午後から外に出ることにした。少し表をぶらぶらしてから、喫茶店かカフェテリアといった開かれた公衆の空間で、腰と気を落ち着けてコーヒーでも飲んで、わが身と今後について考えたいと思った。

喫茶店にはいっても、そばにいるのは見ず知らずの他人だ。でも、こういう時、ひとりぼっちでいるよりはまだいい。いや、逆に、同僚は言うまでもなく、友人、知人……知っている人間がそばにいると、気も散れば考えもばらけて、物事を突き詰められない。これといった結論にも至らない。だからといって、まさか友人にありていに打ち明けて相談する訳にもいかない。そんなのは恥の上塗りだ。こういう場合、経験則から言っても、見ず知らずの他人の存在を肌で感じていた方が楽だった。

(弱いなあ……。一人で考えなくちゃいけないのに、一人で家にいられない)

喫茶店にはいり、席に腰を落ち着かせて、マンデリンを注文してから、日和は心で呟いた。

(会社を休んで喫茶店に逃げ込んできたりしてる。何やってるんだろう、私)

その時だ、喫茶店の客のケイタイが鳴り、着メロが朗らかに響いた。

ひよこがね
おにわでぴょこぴょこかくれんぼ
どんなにじょうずにかくれても
きいろいあんよがみえてるよ
だんだんだあれがめっかった

日和は反射的に背を伸ばし、その着メロに反応していた。

三鷹の駅前ビルの地下、あるいはエキビルで買い物をしていた時だったろうか。前にもその着メロを耳にしたことがあった。

店のなかを見回す。たしかに着メロは鳴ったはずなのに、ケイタイで話している人間は見当たらなかった。が、その直後、一人の男性が立ち上がり、会計のためレジへと向かった。

（あっ！）

その男性の姿と横顔を目にして、日和は心で声を上げていた。

あの男性だった。亮太のパーティーで日和に視線を注ぎ、目が合うと頬笑みながらグラスを少し持ち上げてみせた三十ぐらいの男性。お洒落っぽさはあるものの、わりと砕けた恰好でパーティーに来ていた男性。どうした訳だか、日和の記憶に残っていて、前にもどこかで会ったという感覚を拭えなかったあの彼――。

気がつくと、日和は椅子から立ち上がっていた。彼は金を支払い、店を出ていこうとしていた。日和は慌ててウェイトレスを捕まえて断り、バッグも何もそのままに、彼の後を追いかけた。ここで彼を捕まえておかなかったら、二度とそのチャンスは訪れない気がした。勘のようなものでしかない。けれども、日和は今回自分の身に起きたことに、彼が関係しているような感じがしたのだ。

「あの、すみません。すみません、ちょっと待ってください」

彼の背中に向かって呼びかけると、彼が足を止め、すいと振り返った。顔つきはふつうだった。多少きょとんとしてはいたが、柔らかめの無表情に近かった。

「あの、すみません」重ねて日和は言っていた。「叔父のパーティーで……前にもどこかで……」

彼を引き止め、自分が何を聞きたかったのかがわからなくなり、しどろもどろになりながら日和は言った。

「あの、前にどこかで……」

ほかに言いようがなく、同じことを重ねて言う。

「たしかにね」彼はさらりと言った。「たしかに前にも会っている。でも、偶然。本当に偶然。僕らはべつに知り合い同士って訳じゃない。あなたの記憶も曖昧でしょ？　僕がどこの誰かは知らない」

「偶然――でも、叔父の、石屈亮太のパーティーに……」

「僕も一応デザイナーだから。といっても、ウェブだけどね」

「ウェブ……」

「そう、ウェブデザイナー」

「それで叔父のパーティーに」小さく呟いてから、改めて日和は彼に言った。「お声をかけてお引き止めしておいて、こんなことを尋ねるのも変ですけど、叔父のパーティーの前にも、どこかでお目にかかっていますよね。あの、私、前に、いつ、どこであなたにお目にかかったんでしたでしょうか」

「ここ、三鷹」彼は地面を指差して言った。「三鷹に仕事相手と仕事仲間がいるんだ。だから僕は、仕事の打ち合わせで時々三鷹に来ている。あなたとは、それで二度ぐらい掠《かす》ったかな。さっきも言ったけど、ほんと、偶然ね」

やっぱり――そんな思いで日和は頷いた。やっぱり彼とは亮太のパーティー以前にも会っていた。

「さっきのひよこの着メロですけど、あれ、あなたのケイタイですよね？」

「ああ、正確にはひよこじゃなくて、『かわいいかくれんぼ』ね。あれ、この数ヵ月、何か気に入っていて、着メロにしてるんだ」

「パーティーにもいらしていたので、たぶん私のことはもうご存じですよね。私、石屈と言います。石屈日和。失礼ですが、あなたは？」

「参ったな。先に名乗られちゃったよ。そうなると、名乗らないといけないのかな」

「ぜひ」

「僕は……すずめ、さもなきゃこいぬかな」

「え？」

「すずめがね
おやねでちょんちょんかくれんぼ
どんなにじょうずにかくれても

ちゃいろのぼうしがみえてるよ
だんだんだあれがめっかった
こいぬがね
のはらでよちよちかくれんぼ

そこまで歌ってから、「ま、いっか」と彼は言った。「この先まで歌う必要はないね」

「茶化さないでいただけますか」

「茶化してないよ。隠れているけど見つかっている存在――そういう意味ではあなたと同じってこと」

日和はわずかに顔を曇らせ、それから言った。

「お名前、お教え願えませんでしょうか」

「先に名乗られちゃったからなあ」ややわざとらしく顔を顰めてから、するっと彼は言った。「アイザック」

「アイザック？　また茶化して……」

「茶化してない。それが僕のデザイナーとしての名前であり、個人事務所の名前」言ってから、彼は空に文字を書いて続けた。「アルファベット小文字のｉハイフンｚａｑでｉ－ｚａｑ」 「i-zaq――」

「そう。悪いけど、僕、これから約束があるんだ。もう行かないと」

「あ、あの……ご連絡先、お教え願えませんか」

「どうして？」

「いろいろと、お聞きしたいこともあるし」

するとか彼はにっこり笑った。明るく茶目っけのある笑みだった。瞳が輝いていて、パーティーの時の頬笑みを彷彿させるようだった。

「じゃあ、こうしよう。あなたが僕のクイズを解いたなら、僕の方から連絡する」

「あなたのクイズ？　あなたのクイズって？」

「もうだした」

「え？　それに、あなたの方から連絡するって、私の連絡先――」

「悪い。本当にもうタイムリミットだ。遅刻は嫌いなんで、今日はこれで」

「あ、アイザックさん」

「ごめん。またね」

そう言って片手を差し上げると、彼は日和に後ろ姿を見せ、そのまま足早に立ち去ってしまった。置いてけぼり。

ひよこがね
おにわでぴょこぴょこかくれんぼ

………

彼は『かわいいかくれんぼ』と言っていたが、日和も、それか「チキンラーメン、ちょーぴっとだっけ」というチキンラーメンのあのCMソングを、自分の着メロにしようかと考えたことがあった。ヒヨコ女のヒヨタヒヨコだからだ。でも、それでは自分からヒヨコだと告げているようなものだと思って辞めた。ヒヨコと名乗るのは、ネット上だけでいい──。

アイザックの着メロが記憶に残っていたのも、ひよこの歌だったからだ。だから、「あれ？」と思った。

（あの人、何か知ってる。クイズって何？　隠れているけど見つかっている存在？　それと関係あること？　それとも──）

考えているうち、日和は自分がバッグも財布もケイタイも、みんな喫茶店に置きっ放しにしてきたことを思い出し、急いで喫茶店に戻った。幸い、身のまわりのものでなくなったものは何もなかった。そのことに安堵しつつ、コーヒーを飲む。冷えかかったマンデリンは、いつもよりも舌に苦かった。

(何やってるんだろう、私。今はそれどころじゃない。会社でのこと、考えなくちゃいけないのに)

思ってから、また彼の顔を脳裏に浮かべる。

(だけど、あの人、捕まえておかなくちゃと思ったんだもの。知らない人だもの。今日、この機会に捕まえておかなかったら、もう二度と話す機会がなかったかもしれない)

無意識に、冷えて苦みの増したマンデリンのカップをまた口に運びながら、日和はわれ知らず、ちょっと小首を傾げていた。

(自分の方から連絡する？　つまり、私の連絡先を知っている——そういうこと？　もしかして、あの人が泉谷？　高田馬場のテラコーポの。あの人が私宛の郵便物を転送した？)

違う気がした。テラコーポは、そう悪くないコーポラスだったが、ウェブデザイナーの彼が住むには、些か当たり前過ぎる感じがした。言ってしまえば、ちょっと不似合い。ピンとこない。

(ああ、駄目、駄目)

日和は意識的に頭を左右に振った。一度アイザックを頭から追い出して、明日からの会社でのことを考えなければならない。日和の目下の優先事案は、当然そちらだ。

改めて、会社でのことを考えはじめる。

上は、ブログはすでに摑んでいるだろうから、いまさら消したところで意味はない。だが、日和のブログの中身を精査、検証してみても、べつに日和がステマをやっていたということにはならないと思う。何せ日和は、いかに石屈亮太の姪であるとはいえ、また、いかに成子がそれと関連づけて言おうとも、社会的影響力など何もない、ただの一般人に過ぎない。それではステマは成り立たない。とはいえ、あれだけ社内の人間について書いていることは問題にされるだろうし、何よりも、どの人間のことも、揶揄したりけなしたりしているところが問題だ。誰だって、悪く書かれればいい気持ちはしない。日和も、本心ではなかったとはいえ、合わせる顔がない。今だって、考えただけで赤面してくるし、汗もでる。

（どの程度まで公にされるかだよなあ）

上がある段階でとどめてくれればいい。しかし、同僚、その下といったクラスにまで知られてしまうと、さすがに日和は面目が立たない。恥ずかしさで居たたまれない思いだし、会社での時間は、当面、針の筵《むしろ》だろう。

(ううん、もうある程度、知られてるんだ)

いまさらながら日和は思った。まさに遅まきながらの気づきであり認識だ。でも、それで納得がいった。だから、最近、まわりは私に冷たかったんだ――。

(ああ、参った)

ブログを盛り上げようと悪ノリしてしまった。悪ふざけがいつしか良識の枠をはみ出してしまった――そう言って、みんなに詫びなければ駄目だろうか。それで許してもらえるものだろうか。

卯月が怖い顔をして日和の割を食っていると言った訳だった。

コンプライアンス――ステマは言うまでもなく、社内事情や社員に関することを、ああだこうだと腐して外部にあれこれ漏らすことは、その企業に勤める人間として、とうてい道徳的規範に基づいた行動とは言えない。処罰の対象になることは免れない気がした。減俸になるだろうか。お情けの係長の肩書を外されて、どこか別の部署にやられるだろうか……。

(だとしたら、倉庫での検品係……さもなきゃ伝票処理係?)

考えただけで気鬱になったが、それでも人の冷たい眼差しを避け、一年なり二年なりほとぼりを冷ますことができる分、いいような気もした。それに耐えれば、メイトに勤め続けていられる。ただ、それに耐えられるか耐えられないか、それが日和自身にも今はわからない。ひょっとすると成子たちは、日和が自ら辞めるように持っていくかもしれない。

(会社を辞めるなんて……そうしたら、私、どうしたらいいの？　どんな目に遭っても、どんな思いをしても、会社にいられるだけマシ？　大恥を掻いても、それだけをこの先の目標にする？)

そこまで考えて、日和は思わずテーブルに両肘を突いて頭を抱えた。自分が身を置いているのが喫茶店でなければ、「ああ」と、大きく声にして嘆息していたところだ。

亮太のことがある。そこに日和は思い至った。

日和がメイトに入社できたのは、壮太郎がいたからだし、亮太がいたからだ。言うまでもなく、今もメイトと亮太の関係は深い。

(うわ、困った。絶対亮太叔父さんに知れちゃう)

仮に日和が係長の肩書を外されて、検品係にまわされたとする。当然、亮太は不思議に思うだろう。それについては社の側も、きちんと事情と理由を亮太に説明するはずだ。日和が、馘《くび》ということになった場合にしても同様だ。

(最悪……)

昨日、呟いた言葉を、今日もまた心の内で呟く。

会社で大恥を掻くことを考えただけでも気が変になりそうなのに、亮太をはじめとする身内の間でも……と考えると、なおさら気が動転して、頭がくらくらしてくるようだった。公私ともにというのでは、逃げ場がないし救われない。まさに二重の地獄、いや地獄の二乗だ。

花の一件もある。そのうえ毒舌ブログ、ステマ疑惑となったら、亮太も何と社会人の自覚のない子どもじみた真似をと、さすがに呆れるに違いないし、亮太本人も叔父として恥を掻くことだろう。つまり、日和は、石屈亮太の顔に泥を塗ったことになる。そんな愚かな姪を亮太はどう思うだろう。

(そうなったら、絶対亮太叔父さんだけでとどまらない)

話は、きっと亜以子の耳にはいる。亮太か亜以子、どちらかの口を通して、沼津の両親、壮助と江津子の耳にもはいるだろう。

(最悪の二乗、地獄の二乗……)

「ひょっとすると、日和ちゃんにも不注意な点があるのかも。……少し気をつけた方がいいわ」

前に亜以子に言われたのを思い出す。それだけに、亜以子がこの一件を聞き及んだら、「ほら、言わんこっちゃない」と、眉を顰めて窘《たしな》められそうだ。「だから、叔母ちゃん、気をつけなさいって言ったでしょうが」

(ああ、叔母ちゃんにN BOXに傷をつけられたことなんか、話すんじゃなかった)

思ってみてももう遅い。

(どうしてこんなことになっちゃったんだろう)

日和は抱えていた頭を上げて、空に虚《うつ》ろな視線を投げだしながら思った。

(郵便物、花、N BOX、苦情・密告メール……誰かがやっていることなのよ。でなかったら、私のブログの存在なんて、ふつう会社に知れるものじゃないもの)

また日和の脳裏にアイザックと名乗った彼の顔が浮かんだ。どうしてこんなことになったのか、誰がなにゆえ日和にこんなことを仕かけてきたのか……彼がその答えかヒントのようなものを知っている気がしてならない。あのからっとした様子からは、そうは思えないが、彼自身が張本人であるという可能性も含めて。

(だけど、今頃それがわかったからって……)

思わず泣きそうになりながら、心でぼやく。

日和は今、会社や親族、つまりは公私両方の場での明日のわが身と、可能なかぎりの保身の策を考えるべきだった。謎解きは後まわし。それでいて、「どうして?」という心の叫びが抑えられず、気づくと謎の答えを求めている。そしてまたわが身の処し方に頭を戻す。その繰り返し。二極に分裂する思考に、ますます頭の混乱が深まる。おまけに、時として恥の意識にかっと頬が熱くなり、感情が揺さぶられる。それではなかなか落ち着いて物事を考えられない。よい策も浮かばない。

（どうして？　ううん、どうしたらいいの？）

日和は心で、誰とも知らぬ誰かに向かって、分裂する頭で、助けを求める声を上げていた。

4

本意ではない。だが、メイトは年内いっぱいで辞めることにした。万事休す、もはや辞めざるを得ない状況に陥ったと判断したから、止むなくそうすることにしたと言う方が、ほんのちょっぴりだけ実状に近い。自らの意志と事情による退職というかたちを取ることにはなるが、実際のところは、やはり諴みたいなものだ。

急遽結成された調査チームが日和のブログを検証した結果、会社に苦情のメールがきているような、ステマ行為には当たらないという判断になった。日和は、有名人でもタレントでもない。日和自身も言ったように、一般人もいいところで、他者に影響を与えられるような存在ではないからだ。ブログを読む限りでは、石屈亮太の姪だということもわからない。また、井筒が指摘していたように、もしも日和が石屈亮太の姪ということを明らかにして書いているのであれば、いくらｓｏｆｉａを褒めたところで、ステマにはならない。単なる身内の宣伝だ。とはいえ、同じ会社の人間を、ウサギや鬼に譬えたり、ネットスラングを使って腐したり、容姿を腐したり……そうした行為は、言うまでもなく決して褒められたことではない。メイトと特定できる要素は少ないものの、社内事情の悪い側面を誇張して外部に漏らすというのも、同じく褒められた行為ではない。どちらにしても、愛社精神が感じられない。また、外部の人間ではあるものの、周囲の人を牝馬、バンビ……と、動物に譬えているのも、日和が自分をヒヨコに譬えていることを差し引いても、やはりきわめて失礼な話だ。一企業人、個人としてのモラル意識が低いと言わざるを得ない。すなわち、日和の犯した罪はそう重くないが、質がよくないし無視もできない。

「脇が甘いとは思ってたし、前にそれを注意したこともあった。そうよね？　だけど、まさかここまでとはね」

調査チームのトップに据えられたのは、成子だった。その成子が、いかにも苦々しげに顔を曇らせて日和に言った。

「メイトとまでは特定できないし、ヒヨタヒヨコがあなた、石屈日和だということまでは特定できないかもしれない。でもね、これ、わかる人にはわかるわよ。だって、個人情報だだ漏れじゃない？　あなたが三鷹あたりに住んでることもわかるし、ちょっと変わったマンションのようだから、地元にそこそこ詳しい人なら、どのマンションかだってわかる。今、個人情報の管理には細心の注意を払うべき時代にきてるのよ。それぐらいのことは、あなたもよく承知しているでしょう。宛名消し、シュレッダー……うちだって売っているんだから。なのに、よくもまあ、自分自身の情報を、不用意にあれこれ書いたこと。惜しげなく周囲に撒き散らしたこと」

言われてみると、たしかに日和は、三鷹、吉祥寺近辺のことを書いているし、中央線の高架のことも書いている。中央線がまず下りから高架になって駆け上がっていき、次に上りが駆け下りていくようになった箇所、それが見えるポイントは、たしかにあの近辺でそうはない。

「榎戸さんを呼んで確かめた。あなた、会社でもAME-NETなるサイトにアクセスしていたそうね。つまりは、就業時間内にブログを更新していた――」

「あ、私、就業時間内には……」

「就業時間内にはしていなかった。だとしても、パソコンは会社のパソコン。業務用のもの」

「………」

「そこまで私も調べるつもりはない。でも、会社でもアクセスしていたとなると、あなたがブログをやっていることに勘づいて、社内の誰かがあなたのブログを追っかけてた可能性もある。で、あの内容となるとねえ……多少の嫌がらせがあったとしても、不思議はないと思った」

成子が言っている嫌がらせとは、亮太のパーティーに届いた花、会社に届いたステマ疑惑の苦情や密告メールのことのようだった。

「パーティーのことは、世間でそう大勢の人間が知っていることじゃない。メールも、あなたの失礼千万、かつ問題大ありのブログの存在を明らかにしたくて、ネットカフェあたりから送ったのかも」成子は言った。「結果、あなたが吊るし上げられれば溜飲が下がる」

日和はあえて言わなかったが、だとすれば、抽斗に入れたはずのドキュメントケースがいっとき行方不明になったのも、恐らくその誰かの嫌がらせということになるだろう。

「嫌がらせをする。それによって溜飲を下げる。その精神性には大いに問題があると思うけど、うちにしてみれば、その方が有り難くもある訳。だって、実際は外部からメールが送られてきたんじゃない。嵐はコップのなかでの話っていうことになるから」

つまり、内部の人間の社内告発であるならば、メイトの外部への体面は保たれたということだ。

「で、あなたの処遇」

日和の目を見据えて成子は言った。

こういう自覚の足りない問題を引き起こした人間を、かたちばかりとはいえ、長と名のつく役職に据えておくことはできない。したがって、平に降格。商品部販促課二係は、対外的な面も持っている係なので、当面日和は、コンプライアンスセミナー係ということで業務に当たるようにとのことだった。

「前にセミナーがあったでしょ？　今後、コンプライアンスプログラムに添って、各部署ごとに折々セミナーを行なっていくし、場合によっては個別指導もしていくことになるから。日和さんはその係になって、アナウンスをしたり資料を揃えたり会議室を整えたり……そういうことに当たってちょうだい。万事、外部から雇った講師の先生が指示してくれるから大丈夫よ」

コンプライアンスセミナー、コンプライアンスプログラム——今回、日和が引き起こした問題によって、行なわれることが決まったと言っていい余計なお荷物だ。それを引き起こした張本人が、各部署、各自に、その案内をし、資料を配らねばならない。招集をかけなくてはならない。これはどうしたって、周囲の反感を買う。

「お前のせいじゃねえかよ」

「お前が言うな」

……

現実に口にださなくても、みんなが心で思うことはわかっている。加えて、セミナーでは、日和のケースは、きっと悪い例として挙げられるに違いないから、いつまで経ってもほとぼりが冷めることがない。密告メールが日和に対する嫌がらせだとしたら、これはそれ以上だ。これぐらいあからさまな嫌がらせもない。しかも、成子は、「ヒヨコ女の毒舌ピヨピー」という日和のブログは、社の誰もが見られる状態にすると言った。つまりは公開だ。

「でないと、何が起きて何が問題だったか、まわりにはわからないでしょう？」

「成子さん、――いえ、滝沢さん、それは……」

そうなったら、日和は社内の誰に対しても顔向けできない。そんな人間がコンプライアンスセミナー係。どう考えても無理がある。

「あなたが販促課二係長から降格して、平の身でコンプライアンスセミナー係になったことについては、石屈さんにもご説明するつもり」

狼狽え落ち込む日和の様子にはこれっぽっちも頓着せず、続けて成子は当然のように言った。

「滝沢さん、コンプライアンスセミナー係につきましては、私も一生懸命勤めさせていただきます。でも、ブログの公開と叔父への報告は……」

ここは日和も、成子の言うことを黙って受け入れてはいられなかった。日和は慌てながらも、半分縋るように成子に言った。

「滝沢さん、それだけはどうかご勘弁願えませんでしょうか。そうなったら私、会社にもどこにも、もう身を置くところがありません」

「それに従えないということであれば、会社を辞めることね」ごくあっさりと成子は言った。「そういうかたちで責任を取るというのであれば、日記の公開、石屈さんへのご報告は、こちらもしません。石屈さんへは、あなたから然るべく。コンプライアンスセミナー係にもなっていただかなくて結構よ。遠からず会社を辞める人間が、コンプライアンスに関わる業務に当たるというのもおかしな話だから。そういうことであれば、あなたには会社を去るまでの何ヵ月かの間、このまま二係長ということで勤めていただきます」

二者択一のかたちにはなっている。けれども、成子は後者を選べ、この何ヵ月かのうちに会社を辞めろ、そうしたら物事を公にも大袈裟にもしないと言っている。そうとしか思えなかった。だから、日和は年内いっぱいでメイトを辞めることにした。ブログを公開されたうえに、しれしれとコンプライアンスセミナー係を勤めていたら、社内のどんな冷たい目がどれだけたくさん、自分の身に刺さってくるか知れたものではない。成子は亮太にも、過大な事情説明をするに違いないし、恐らく日和のブログも見せるだろう。そうなったら、日和の口から亮太に対して、どんな言い訳も言い繕《つくろ》いもできなくなる。

「私が退職することにしたら、本当に叔父には何も話さないでいただけるんですか」

日和は念を押すように成子に尋ねた。

「ええ、日和さんは個人的な事情で会社を辞めたし、それについては日和さん本人の口から石屈さんに事情を話すからと言われている、と申し上げるわ。ブログの件は話さない」

やっぱりだ——成子の返答を聞いて日和は思った。やっぱりさっさと辞めろと言っている。辞めなければ、もっと面目も体裁も何もかも失うような目に遭わせるぞ——。

メイトは好きだったし、八年ほどの会社生活は楽しいものだった。最後の最後に日和自身がミソをつけてしまったし、こういう結末になるとは思ってもいなかったが。

成子から突きつけられた条件に、後者、すなわち退職を選択する返答をした日の会社からの帰り道、日和は遠い過去を振り返るような、ある種の感慨と感傷を抱かずにはいられなかった。初夏、花屋で花を買い、おっとりとカウンターやデスクに花を生けていた頃が、まるで嘘のようだった。あの頃は、周囲のみんなが、柔らかい笑みを日和に投げかけてくれていたし、社内の空気も穏やかだった。あれがほんの四ヵ月ほど前のこととは信じられない。季節に足並みを揃えるどころか、それよりも早く一気に厳寒、日和の会社でのありようは急落、暗転した。その果ての退職。

(そんなことってある？)

年内いっぱいと言っても、有休が残っているので、それを消化するかたちにすると、メイトにいるのはあと一ヵ月ちょっとだ。十一月の上旬には、日和は会社に出勤しない状態になる。

(……しょうがない)

家に帰り着いた頃には、日和もそろそろ諦めていた。しがみつくみたいに勤め続けていても、日々は針の筵だし、このうえどんな嫌がらせに遭うかわからない。ここで頑張ってみたところで、大恥を晒して完全に立場を失った果てに、結局退職ということになりかねない。傷口が大きく深くならないうちに、退職を選択して正解だったのだ——。

亮太には、これからよく考えて、亮太が納得するような理由を告げよう。沼津の両親、それに亜以子に対してもだ。

まずは派遣会社に登録をして、派遣の仕事が見つかるまで、アルバイトをして食いつなごう。コンビニでもファミレスでもスーパーでも、どこだって構わない。それで派遣の仕事が見つかったら、今度は派遣の仕事をしながら、正式に雇用してくれそうな会社を探す。だが、このご時世、そうそうたやすく正規雇用してくれる会社はなさそうな気がする。この時期の再就職には、苦労と苦難がつきまといそうだ。

(当面は、アルバイトと雇用保険で食いつないでいくとして……)

そう考えてから、日和は舌打ちをするような表情をして、顔を曇らせた。

亜以子が好意でくれたＮ ＢＯＸ——その車も、こうなってくると邪魔だった。維持費のかかる金食い虫。月々の駐車場の代金は一万円と、よその人の半額だ。が、先の当てのない無職の身には、その一万円すらも大きい。破格の八万円の家賃もだ。

(参ったな)

そう心で呟いてから、必ず思う。

(どうしてこんなことになっちゃったんだろう)

成子は、それが誰か、或いはそうした人間が本当にいたのかどうかまで詮索するつもりはないが、社内の誰かが日和に反感を抱いて、あの奇天烈な花やメールを、送りつけてきた可能性はあると言っていた。

(社内の誰か……誰だろう)

卯月、直一郎、榎戸……幾人の顔が脳裏に浮かんだ。いや、そう言っていた本人、成子が仕かけた可能性だって皆無ではない。石屈一族の一員である日和は、今後自分が出世していくに当たっても、何かと目障り——。

(そうよ。成子さんや上の人たちが仕かけた可能性だってあるわ)

が、日和は小さく首を横に振って、彼らの顔と自分の思いを、頭からはたき落とした。ことここに至っては、それが誰かを突き止めたところで、もはや何の役にも立たない。

今度は意識的に浮かべた訳ではない。が、アイザックの顔が脳裏に浮かんでいた。

(あの人、何か知ってるみたいだった。私の連絡先も知っている様子だったし。でも、あの人はメイトの人間じゃない。だったら、今回のことに、あの人は関与していないってこと?)

考えて、日和はほんの少し前と同じように、また首を横に振っていた。アイザックが関係していようといまいと、もう会社は辞めることになってしまったのだ。どうあれそれを覆すことはできない。

「再就職ねえ……」

目下、自分が最も考えるべき問題に頭を戻して、日和は力なく声にだして呟いた。今からリクルートスーツを買うのかと思ったら、それだけで気分が塞いだ。

その時、日和の頭にぽっと光が灯ったようになった。いいアイディアが、自分の頭のなかで浮かんだというより、外から啓示のようにはいってきた感覚だった。

永久就職——古びた言葉だが、その手があったという思いだった。同時に、今度は加古川理の顔が瞼に浮かんだ。

会社を自分から辞めることにしたことによって、亮太はじめ身内に恥を晒すことは何とか回避できた。理にも会社を辞めて、今までの生活にいったん区切りをつけることにしたことを話そう。亜以子にもだ。日和が会社を辞めてフリーになった。それは、理と日和が結婚に向かって進む、或いは真名瀬の叔父・叔母の養女なり養子になることに向かって進む、いい機会であり潮時と言えるのではないか。行動力のある亜以子のこと、そうとなったら、きっとことを性急に進めようとするに違いない。

（今はみんな、私のことを、何て子供じみたことを、社会人としての自覚と良識のないことを……って、馬鹿にしてるかもしれない。ううん、絶対馬鹿にしてる。会社を辞める羽目になった私を、いい気味だと思っている人もいるでしょうし、上から目線で憐れんでいる人もいるでしょうよ。でも、私が真名瀬の名前を名乗って、マナセの後継者か後継者夫人になったら——）

平に等しい一企業人から、企業主、その後継者、セレブリティの仲間入りだ。メイトの人間から、馬鹿にされたり上から目線で見られたりする筋合いはない。反対にこちらが、

「あなたたち、安いお給料で、毎日ご苦労さまなこと」と見下す立場だ。

（リベンジ……ううん、一発逆転よ）

日和は、そこに活路を見出して、少し前まで萎《しぼ》みきっていた心が、不意に力を得たように膨らんでくるのを感じた。日和は、人生において敗退した訳ではない。この負けは取り返せるし、勝ちに転じることもできる。

（そう、これからよ）

何せ日和は、石屈一族の人間だ。その本当の底力を見せつけるのはこれからだ。

日和の脳裏には、理の、亜以子の、そして正剛の顔が、折り重なるように浮かんでいた。

＊

知ーらないよ、知らないよ……なんて言うと、いかにも無責任に面白がっているみたいだけど、こっちとしては、だから言わんこっちゃないって気分。お気の毒ながら、ヒヨコさん、もう手の施しようがないところまできちゃってるみたいだもんなあ。だからさ、あなた、もっと早く気がつかなくちゃいけなかったんだよ。何にって……自分自身を取り巻く状況、まわりの人の目、まわりの人の気持ち……いや、何よりも自分自身の問題点にかな。

自転車は、前輪がパンクしてても後輪がパンクしてても走れない。ところが今のヒヨコさん、どうやら前輪、後輪、両方パンクしちゃってるみたいだものね。前輪が私的な生活なら、後輪は公的な生活、会社での生活。ヒヨコさん、あなた、会社でも、そろそろ大変なことになってるんじゃないの？

残るは前輪、私的な生活ってことになるけど……これがまた、知ーらないよ、知らないよ、なんだよねえ。こちらとしては、まあ仁義として、それなりの警戒警報は発していたつもりなんだけど。

ヒヨコさん、かわいそうだけど、私的な生活にも手がまわっていると思った方がいい。あなた、それに気がついているかなあ。ヒヨコさんが身を置けるところ、下手をするとなくなっちゃうよ。

駄目だよ、駄目。かくれんぼをするなら、もっと上手に隠れなきゃ。悪事を働く時だっておんなじ。悪いことをするヤツらは、みんな上手に隠れてるじゃない？　いい意味で、あなたも少しはそれを見習わないとね。

心配だなあ。あなた、これからどうなっていくんだろう。心配だなあなんて言いながら、やっぱり面白がってる？

かもしれないね。そういう気持ち、誰にでもあるんじゃないのかな。——そうか、ヒヨコさんにはないんだ、そういう意地悪な気持ち。だからうかうか落とし穴にはまっちゃった。

人を疑うことを知らない善人は、生きづらい世のなかになったよねえ。

さてはて、こんなふうに心で話しかけてもしょうがない。こちらは高みの見物――あなたに起こった出来事がどこにどういうふうに落着するのか、とくと拝見させてもらうことにするよ。

ごめんね、ヒヨコさん。ううん、石屈日和さん。

1

坂道を転げはじめた車やボールと同じだ。一度下降線をたどりはじめた運気というのは、容易に上昇することがないのだろうか。落ち目にはいるとは、こういうことをいうのだろうか――。

めっきり日の入りが早くなったのを目と肌で感じながら、日和はそんなことを考えている自分に気がつく。目で秋を知る、いや、冬の訪れが近づいていることを知るというのは、思いがけず寂しいものだ。たそがれがあっという間に藍色の闇に変わり、同時に空気も冷えてくる。そんな町を眺めていると、日和も日和の心も藍色の闇に浸されて、蒼く沈んでいくようだった。

日和が勝手に描いた未来図だ。が、一応、起死回生の未来図は描けた。そのはずだった。ところが、現実がそれについてこない。

理にはこんな調子でメールを打った。

〈少々考えるところあって、八年勤めたメイトを、今年いっぱいで退社することにいたしました。

人生、仕切り直しと言うと大袈裟ですが、ここで一度立ち止まり、これからのことをゆっくり考えてみるのもいいのではないかと。

ご存じのように、世間知らずで何事も覚束《おぼつか》ない人間ですので、これから理さんにいろいろ相談に乗っていただけると嬉しいです。

………〉

日和としては、結婚するなら今がいい機会、いい時期。だから、あなたもそのことを考えて。その気になって——言外にそういうメッセージを込めたつもりだった。けれども、理から返ってきたメールは、言葉自体はやさしいが、日和が期待していたようなものではなかったし、どちらかというと素っ気ないものだった。何しろ、これといった内容がない。

次につながる要素がない。そのことに日和は拍子抜けしたしがっかりした。

〈ご無沙汰してしまい、申し訳ありません。

そうですか。会社をお辞めになることになったんですか。いろいろお考えになった末のご結論と拝察いたします。八年間、どうもお疲れさまでした。

年内いっぱいというと、もうあまり時間がありませんね。きっと日和さんも引き継ぎその他で、何かとお忙しい毎日をお過ごしのことと思います。

落ち着かれましたら、ご飯でもご一緒させていただければと思います。

これから急速に寒くなってきますので、おからだにお気をつけて。〉

日和は理からのメールを読んで、これだから、理工系は……と、脱力する思いだった。勘の鈍い朴念仁。理だって、マナセには少なからず関心があるはずだ。長男、次男が上にいる高砂設計にいるだけより、ゆくゆくはマナセもわが手にする可能性のある道を押さえておいた方が、絶対いいに決まっている。男なら、それぐらいの野心はあって然るべきだ。いや、なければ嘘だ。日和と理は、真名瀬夫婦のお気に入りだ。男と女として、お互い多少嚙み合わないところや意に染まないところがあったとしても、ここは少々計算高くなって、コマを前に進めた方が得策だろう。それなのに――。

(やっぱり私じゃ気に入らない。目を瞑《つぶ》れない。そういうこと?)

これまで理とは何回かデートや食事をした。会っていて、恋情につながる強い思いこそ感じなかったが、日和は自分が理に好かれていないとは感じていなかった。どちらかと言えば好意を持たれている、そう思っていた。だが、あのメールでは、それさえ疑わしく思えてくる。

(駄目だ。叔母ちゃんに、「会社も辞めることにしたし、結婚したいなあ」「誰かいい人いないかなあ」って言って、べつの候補を探してもらおうかしら)

そんなことを考えているうち、吉野から電話がはいった。突然で申し訳ないが、どこかべつのところに駐車場を探してもらえないかと言う。

「えっ。べつのところにって……」

「苦情が来ちゃったんだよ」電話の向こうの吉野は言った。「親族というのならわかるが、同じマンションの住人でありながら、どうしてかたや二万、かたやその半額なんていう不平等な駐車場料金の設定になってるのかって。だからこっちは、『それはごく一時的なことなので……』と説明するしかなくって」

「………」

また面倒がやってきた——そんな思いに、日和は知らず表情を翳らせていた。無職の身になれば、月一万円の駐車場料金でも痛いと思っていたところにもってきて、べつのところを探せと言う。近くなら、やはり二万円が相場だろう。それに、うまい具合に近くに駐車場が見つかるかどうかもわからない。さして乗る訳でなし、遠くに駐めておくのなら、いっそ車などない方がいい。

「参ったな。しかし、どうして知れちゃったかねえ」続けて吉野は言った。「まさか日和ちゃん、自分は一万円で置かせてもらってるなんて、誰かに言ったりしてないよね?」

「いえ、私はそんなこと——」

「喋ってません」「言う訳がないじゃないですか」ときっぱり言いたいところだったが、その時日和の頭を「ヒヨコ女の毒舌ピヨピー」が掠めていった。喋ってはいない。が、ブログには書いた。とはいえ、誰がそれを日和だと思うだろう。いや、成子は、あのブログで日和の住んでいる場所やマンションが特定できると言っていた。それにしても、やはりまさかという思い。

「真名瀬さん、——亜以子さんにも一応連絡したんだ。そうしたら、その旨、日和ちゃんに直接言ってくれればいいって。で、日和ちゃんに電話した訳だけど」

「でも、困ったわ。よそを探せと言われても、私、当てがなくて」

「何なら、僕が探してあげてもいいよ」

「いえ、自分で探してみますけど」

見つけてくれたところが、二万三千円とか二万五千円とかだったら敵わない。そんな思いから、日和は慌てて言った。

「あの、それで、だいたいいつぐらいまでに空けなきゃいけません？」

「ぎりぎり今年いっぱいっていうところだね」

「今年いっぱい――」

メイトも年内いっぱいなら、駐車場も年内いっぱい。それでさよなら。嫌な符合だ。

「悪いけど、頼むよ。反射的に『ごく一時的なことなんで……』と言っちゃった以上、これからは二万円で置かせ続けてあげるという訳にもいかないし」

「……わかりました」

そう言われては、今まで通り置かせてくれとも、倍払うから置かせてくれとも頼めない。仕方なしに、日和は陰鬱な声で言って頷いた。

「あ、それとさ、日和ちゃん、うちの娘と何かあった？」

「え？　吉野さんのお嬢さん……楓ちゃんと？」

思ってもみなかった問いかけに、日和はきょとんとなった。

「うん。何だかね、楓が妙に臍曲げてるから。駐車場の件で僕が苦情の電話を受けた後も、

『ああいう人に貸すから』とか言ってむくれて。日和ちゃんに関して、そういうこと言う子じゃなかったんだけどな。だから、ひょっとして何かあったのかなと思って」

「いいえ、何も」

「そう。だったらいいんだ。いずれにしても、駐車場の件、申し訳ないけど頼んだね」

「はい、わかりました」

吉野とそんなやりとりをして電話を切った後、日和は嫌な感じと言ったらいいか、不吉な予感と言ったらいいか……とにかく霧でもかかったみたいに胸がもやついて、何とも穏やかならざる気分になった。

日和は、ちゃんと隠しているつもりで、迂闊《うかつ》にも個人情報や他人の情報をネットに流してしまった。それは認める。そうはいっても、常連さんたち、いわゆるフォロワーが何人もついているブログではあったが、有名人やタレントのブログではない。そうたくさんの人が関心を持って覗いていたはずがない。会社に知れたのは、会社の誰かが日和のパソコンを覗いたからだ。もしくは、日和がAME-NETにアクセスしてブログを書いていることを知ったからだ。そういうことでもなければ、周囲に知れ渡るようなブログではまったくない。

楓のことも、たしかに日和はブログで何度か書いてはいるが。

〈Mr.んちのお嬢、紅葉ちゃんと遭遇。相変わらず、お嬢光線だして歩いておられた。通っている高校もお嬢様学校だけど、モミたん、やっぱり本物のお嬢様だと、ヒヨコは思ったりするピ。地主、お金持ちの三多摩のお嬢様。

だって、宅配鮨を頼もうとすると、「宅配鮨なんて本当のお鮨じゃなーい」って拒否するっていうんだから。きょーび、宅配鮨も美味しいんだけどねえ。宅配鮨はNGで、宅配ピッツァはというと、これは全然OKなんだと。宅配ピッツァはOKねえ。

ヒヨコに言わせれば、このあたりが三多摩のお嬢様はビミョーだ、ピヨ。〉

もしもこれを楓が読んだとすれば、自分が紅葉とかモミたん、或いはお嬢と呼ばれていることだけでも、面白くは思うまい。だが、楓は高校三年生だ。ネットはやっているだろうが、芸能人でも何でもない一般人のブログなど読むはずがない。

(そうよ、やっぱりまさかよ)

いくらネットをやっていても、「この人はこういうブログを書いていますよ」とか「ここにこういう面白いブログがありますよ」とか知らせない限り、さもなくば、サイトでランキングインするようなブログでない限り、なかなかたまたま知り合いの書いているブログに行き当たるものではない。

(楓ちゃんのことは、ただのご機嫌斜めとしても……駐車場……N BOX……どうしよう)

それに、吉野が亜以子に連絡したところ、その旨、日和に直接言ってくれればいいと言ったというのも、日和は少々引っかかっていた。亜以子は面倒見のいい女性だ。ことに日和にとっては、面倒見もよければ気前もよく、実に頼りになる叔母だ。もしも吉野からそんな連絡がはいったら、「何とかならないの」「今まで通り駐めさせてあげてよ」とか何とか、吉野に談判してくれそうなものだし、自分が日和に電話してきて、「どこか近くに探してあげるわ。いい、いい。差額は私がだしてあげるから」などと、太っ腹なことを言っても不思議はない。ところが、いわば吉野と日和に下駄を預けた。亜以子らしくない。

(そう言えば、N BOXに傷をつけられたって話した時も、叔母ちゃん、何か冷たかったし、私、逆に注意されちゃったっけ)

公的生活、すなわち、メイトでの体面はぼろぼろだ。何とか耐えて出社はしているが、見事なまでの四面楚歌。日和に吹きつける風は途轍もなく冷たい。ただ、成子が、「あの人はもう辞める人。辞めたら関係なくなるんじゃなくて、今度はメイトの顧客になる人。

そう思って、彼女におかしな嫌がらせをしたり、彼女を吊るし上げたりしないこと」と釘を刺したらしく、みんなとにかく日和が会社を去る日を待って、ただただ無視し続けている。あっという間に、出社するのもあと半月かそこらというところまできたので、日和も日々を修行のように考えて辛抱している。

公的生活は、もう諦めた。私的生活とそこでの自分の体面を保つためにだ。にもかかわらず、そちらの側の生活も体面がぼろぼろということになったら、日和は自分自身を保っていく自信がない。

(叔父さん、叔母ちゃん、それにお父さんやお母さん――親族に対する体面だけは、何とか死守しなくっちゃ)

むろん、もうブログは書いていない。ただ、突然、尻切れトンボのような恰好で終わるのもおかしなものだと思ったので、『サヨウナラ』と題したブログを最後に書いて、それで終わりにした。

〈ゆえあって、本日をもちまして、ブログ終了とさせていただきます。
何かとお騒がせ、お目汚しでございました。
皆々さまのご多幸とご健勝を祈りつつ。

サヨウナラ。〉

ただし、ブログは閉じただけで、まだ削除まではしていない。ＡＭＥ－ＮＥＴに自分のアドレスは残したままだ。べつに未練がある訳ではない。さすがに日和も懲《こ》り懲《ご》りだ。だが、会社にいるうちに削除、抹消したりしたら、「ほら、証拠隠滅。約束違反」などと、成子あたりから難癖をつけられかねない。それで年内いっぱいは、アドレスを残しておくことにした。もう見たくも読みたくもないが、日和自身も、過去のブログで確認したいことがでてくるかもしれないという気持ちもあった。

ＡＭＥ－ＮＥＴのブログでは、ブログにつけるコメントのほか、メッセージも送れるようになっている。だから、時に覗いてみると、常連さんたちからメッセージが届いたりしている。

〈あらぁ、ヒヨコさん、ブログ終了なさるの？　残念だわ。
わたくし、ヒヨコさんの勢いのあって楽しいブログ、好きでしたのに。
また再開してくださるのをお待ちしております。　ヘル夫人〉

〈突然の終了、残念だわ。ウチ、最初の頃から追っかけてきたから。

ゆえあってって、何か理由あってのことっていう意味？　もしかしておからだの具合がよろしくないとか？　だとしたら、お大事にー。

楽しいブログ、サンキュでした！　zigzag8〉

〈ブログ終了ですか。

でも、AME-NETから削除はしないでね。……っていうか、削除はしない方がいいと思うな。記録ね、記録。記録って、結構大事だから。

またの再会を期待して。　イサク〉

〈何や、やめてしまうんかいな。そらまた急なこっちゃなあ。

ヒヨコはんのこともやけど、ショタきゅん、牝馬チャン……皆さまがたのその後も気になるやんか。

ほんまは続けてほしいんやけどなあ。ま、しゃあないか。平四郎〉

……

前はコメントがついていると、それだけで嬉しかった。が、今は、メッセージを読むだけでうんざりする。自分でも勝手なものだと思うが、みんな、何も知らないで、まったくお気楽だなあと、おのずとそんな気分になる。

（ショタきゅん、牝馬チャンのその後も気になる？　勘弁してよ。こっちはそれどころじゃないんだから。記録は大事？　その記録が大問題なのよ。またの再会を期待してって……再会じゃなくて再開でしょうよ。誤変換）

八つ当たりみたいに、ついつい心でケチをつけてしまう。が、「ふん」とばかりに閉じようとした時、日和は肩でも叩かれたようにはっとなった。イサク、彼の口調に覚えがあるような。

（イサク……ｉｓａｋｕ……えっ、ｉ－ｓａｑ……ｉ－ｚａｑ、アイザック？）

イサクがアイザックだとしたら、日和のことを知っていて不思議はない。再会と書いたのも、誤変換ではなく、日和とリアルで会ったことがあるから――そう考えると納得がいく。

（これがあなたの言ってたクイズ？　イサク＝アイザック。それがクイズの答え？）

メッセージにメアドを教えてとレスをつけることはできるが、ＡＭＥ－ＮＥＴの場合、メッセージは一方通行だ。イサクからメッセージは届いても、今のところ、日和は直接返事を送れない。

〈ワトソン君、ならぬイサク君。

あなたはもしかしてアイザック君？　それがあなたのクイズだとしたら、連絡下さい。お願いします。〉

日和の思い込み、人違いという可能性もある。だが、日和はイサクのメッセージに、そうレスをつけずにいられなかった。

やっぱりだ。やっぱりあの人は何か知っている。今回の件に関係してる——。

確証は何もない。確信も持てずにいる。それでいて、日和は、なかばそう信じようとするように、真剣な面持ちをして思っていた。

謎ばかりはもうご免。手がかりなしというのももうたくさん——。

2

日和ちゃん？　ああ、亜以子叔母ちゃんだけど、昨日、電話をくれたんだって？　真名瀬から聞いたけど、あなた、会社を辞めるんだって？　ずいぶん急なことね。え？　それでこの先のことを、私に相談したいと思って電話した？　困ったわねえ……そういうことは、会社を辞める決心をする前に相談してくれないと。

こちらはこちらで、日和ちゃんにお願いがあったのよ。まさかあなたが会社を辞めるとは思ってもいなかったから。

こんな時に何だけど、サンホークス連雀のお部屋、三月いっぱいで空けてもらえないかしら。いえね、お世話になっている取引先のご子息夫婦が、三鷹近辺にマンションを探していて、たまたまそこのマンションを見かけたんだそうよ。で、ここが絶好ということになったらしくて。うちが持っているとわかったら、ぜひ売ってくれっていう話になった訳。偶然とは恐ろしいものね。吉野さんがたまたまうちの名前をだしたら、「何だ、真名瀬さんですか。知り合いですよ」ということになったみたい。だからね、売ることにしたの。

日和ちゃんはどう思ってるか……でも、事業や商売って、そう簡単で安易なものじゃないのよ。真名瀬だって、大変な努力と苦労をして、会社をここまでにした。単にラッキーで勝ち残った勝ち馬じゃないのよ。高砂設計の加古川さんもだけど、その松崎《まつざき》さん——松崎実業も、うちにとっては大切な取引先なの。それに、震災もあったし、この不況下でしょ？「真魚家」チェーンの仕入れも売り上げも、ここ一、二年、かなり厳しいものがあってね。今は、処分できるものは処分しようという方向に方針転換したの。うちは不動産を結構持っているから、固定資産税だけでも大変な額なのよ。これからますます税金が高くなるから、今が売り時だし、先方にしてみれば買い時なのよ。だって、消費税が倍になったら、五千万の物件を買うのに、消費税、二百五十万が五百万だもの。馬鹿馬鹿しいでしょ?

ＮＢＯＸ? ああ、あれは乗っていていいわよ。もし要らないというのであれば引き取るけど。でも、その時は、ちゃんと傷を直した状態で返してね。傷をつけたのは日和ちゃんじゃないかもしれないけど、日和ちゃんの管理下にある時についた傷だから。

ああ、駐車場のことね。吉野さんから聞いた。まあねえ……どうして知れたんだかは知らないけど、もともと情実で半額で貸してもらっていたことに無理があったのよ。こっちも吉野さんの好意に甘えてたわ。申し訳ないことした。

急な話で泡食ってるかもしれないけど、まだ四ヵ月ぐらいあるから、どこか住むところは探せるでしょ? 今年いっぱいで会社を辞めるっていうのが、こちらとしても想定外というか気の毒ではあるけれど、その分、引っ越しの準備は心おきなくできるわよね。何せ出勤しなくていいんだから。それに、当面は雇用保険ももらえるんでしょ。

日和ちゃん、そんな萎《しお》れた声ださないでよ。叔母ちゃんも胸が痛くなっちゃう。でもね、これが現実なの。商売も、右肩上がりで上り調子の時もあれば、我慢、我慢で、懸命に持ち堪えないとならない時もある。みんなそうやって苦労して、何とかやっているのよ。

どうなんだろう……余計なことかもしれないけど、日和ちゃんは……ちょっと甘えていたかもね。その責任の一端は叔母ちゃんにもある。あなたのこと、かわいいと思って、ついつい甘やかしちゃったからね。

　ひとつ言えるのはね、日和ちゃんはまだまだ若いってことよ。希望があるってことよ。三十でしょ？　充分仕切り直せる歳だわ。ここでの踏ん張り次第で、いくらでも未来は切り開ける。真名瀬も私も、そうやって未来を切り開いて、ここまで生きてきたんだもの。

　じゃあ、また連絡するけど、三月末日には部屋を空けている状態にしてね。本当は、二月末までにして、三月は内装工事をしたかったんだけど、あなたが年内いっぱいで会社を辞めると聞いたから。

　内装工事は、高砂設計よ。加古川さんのところ。理君、ちょっと口下手だし社交性には欠けるけど、信頼できるいい人だと思ったんだけど、日和ちゃんのお気には召さなかったみたいで残念。

　え？　日和ちゃんが気に入らなかったんじゃない、理君の方が気に入らなかったんだ？　嫌だ、いまさらそんなこと言われたって……。理君は、日和ちゃんにつまらない人、何度会っても気分が盛り上がらない人と思われているようだから……と言っていたわよ。だから、まあ、辞退するというか、ご遠慮するというか、そんな感じで。

　何だか、あれこれ歯車がちょっとずつ狂っているみたいね。とにかく日和ちゃんは、ここでこれまでの自分と自分の生活、それにまわりの人のことや何かを、振り返るみたいにしっかり考えて、次の一歩をどう踏み出すかを決めるべきね。

ああ、部屋を空けてくれなんて、急なお願いをしておいて、偉そうに説教もないものね。ごめん、ごめん。

部屋の件は、沼津のお父さん、お母さんにも言っておくから。

また電話するわ。これから寒くなるから、からだには気をつけてやってよね。じゃあ、よろしくね。

＊

メイトを辞めることにした——それまたどうして？　結婚？　違うの？　だったら、もう少し勤め続けていればよかったのに。

いや、僕は、鍛冶さんからも井筒さんからも、誰からも何も聞いていないよ。ただ、姉さんから、三鷹のマンションを空けてもらうことにしたっていう話は聞いたけど。

まあねえ、ああいう商売やってると、人の義理だけじゃなく、まとまった現金が必要なこともでてくるんだと思うよ。うちにしたって、同じと言えば同じだけどね。

そうか……結婚でもなく、次のことも決まっていない。そこでの引っ越し――そりゃ、ちょっと大変だな。

うちでアルバイトで使ってあげられればいいんだけど、事務関係は、ご存じ黒沢《くろさわ》さんが一手にやってくれていて、彼女にお任せ状態だから。あと必要になってくるのは、デザインのできる人間ってことになっちゃうんだよな。

しかし、メイトで何かあったの？　辞めるというのはもう決定事項なんだろ？　がっかりと言うか、些か残念だな。メイトは、何と言っても日和ちゃんのお祖父ちゃんが作った会社だから、僕はデザイナーとして独立して辞めてしまったことだし、石屈の人間が一人ぐらいいて、末は役員というのが理想的だと思っていたんだけど。石屈の人間ということであれば、女性でもそれは可能だったと思うよ。その時は、もちろん僕が後押しをしたし。

あ、ごめん。電話がはいった。今日中に一本上げなきゃならないデザインもあるんで、今日はこれで。

また落ち着いたら電話ちょうだい。じゃあね。

メイトを辞めることにしたって……それ、やっぱり本当なの。いえね、アイちゃんからそんな話を耳にしたもんだから。

*

先のことは決まってるの？　決まってないんでしょう？　なのにどうして会社を辞めることになんかするかしらねえ。お母さんには全然理解できないわ。

だいたいね、メイトはお祖父ちゃま、それに亮太叔父さんがいたから、お勤めできた会社なのよ。そこを辞めたいと思ったのなら、その時点でまず叔父さんに、それからお父さんに、その旨伝えるのが筋でしょう？　で、ヒヨちゃんの言い分に二人が納得したら、会社を辞めるのもいいでしょうけど、叔父さんにもお父さんにも事後報告というのはねえ、まったく感心しないわね。叔父さんだって、驚いているし、何より呆れてもいるわよ。「メイトには日和ちゃんがいてくれているから」って、いつも言ってたもの。

で？　これからどうするの？　三鷹のマンションも出ないといけないんでしょ？　それもアイちゃんから聞いたわよ。これまで好意で八万なんて安い家賃で貸してもらっていたんだもの、ちゃんときれいにして明け渡しなさいよ。それにいくら身内だからといっても、お礼だってきちんとしないと。

それにしても、次の職が決まっていないっていうのがねえ……。あなた、それでお家賃払って、東京で暮らしていけるの？

アルバイトとか派遣って……それならメイトを辞めなければいいのに。まあ、この先も東京でやっていくっていうのなら、アパートを借りる時の保証人ぐらいにはなってあげるけど。ただし、金銭的援助はできないわよ。

日向も来年結婚することだし、あなたも結婚したらいいのよ。いないの、誰かいい人？こっちに帰ってきても、沼津じゃこれといった仕事もないし。帰ってきて、「真魚家　沼津旭屋」を手伝うっていう気持ちもないんでしょ？　まあねえ、仮に手伝うと言われても、こっちはこっちで急な話で困惑しちゃうけど。

だって、真優ちゃんがお嫁にくるじゃない？　新婚だもの、日向たちの部屋もひと間だけって訳にはいかないし。それに真優ちゃん、家事もだけど、店も手伝ってくれるつもりなの。それで信金辞めることにしたんだもの。いずれは日向と真優ちゃん、あの二人が、「真魚家　沼津旭屋」をやっていくことになる訳だから。

そうそう。真優ちゃんと言えば――。

ヒヨちゃん、あなた、日向に真優ちゃんのことで何か言った？　あの子、何だか怒ってたわよ。自分はべつに姉貴の好みに合った女と結婚しようと思ってないから……とか何とか言って。真優ちゃん、線は細いけど、見た目よりずっと丈夫だししっかりしているわよ。性格もいいし。せっかく私やお父さんはうまくやっているんだから、波風立てるようなこと言わないでちょうだいよ。

え？　言ってない？　ふうん……ＡＫＢがどうとか、バンビがどうとか……日向、ぶつぶつ言っていたけどね。

ああ、それにしても。今年もそろそろ年の瀬のことを考えなくちゃいけないところにきて、三十過ぎた娘の先行きを心配しなくちゃならなくなるなんて。

何て言ったらいいかしら。あなた、やっぱり軽率だし安直よ。お父さんだって怒ってる。

とにかく次の仕事を探しなさい。それと住むところ。引っ越しだって、何かとお金かかるのよ。引っ越し代だけじゃない。礼金、敷金、いろいろと。

仕事と住むところが決まったら、今度はちゃんと連絡ちょうだいよ。事後報告はもうたくさん。ヒヨちゃん、しっかりやってよね。

*

ああ、日和ちゃん。聞いてる、聞いてる。マンションも出ることになったんだってね。亜以子さんから電話があったよ。それに、会社も辞めることにしたんだって？　何かここにきて、いきなりの急展開って感じだね。

あ、いや、べつにお世話になったお礼なんて。Eは僕の持ち物って訳じゃないし。でも、振り返ると、それなりに長いおつき合いだったね。

え？　三鷹近辺、このあたりで住むところ探しているの？　まあ、親父《おやじ》や祖父《じい》ちゃんは、一応このあたりの地主ではあったものの、相続の関係で、土地はだいたい分けたり売っ払っちゃったりしたからねえ、うちの家作はW以外には……。不動産屋ぐらいは紹介できるけど。

あ、ちょっと待って。楓が何か言ってる。

ごめん。何だか楓、まだむくれてるんだよな。理由ははっきり言わないんだけど。美馬さん、覚えてるよね？　楓、美馬さんにかわいがってもらっていたんだよ。そのことで何か……。

ああ、はい、はい、わかりました。

悪いね。どういうんだろうね。このところ、何でか日和ちゃんのこととなると、楓の機嫌が途端に格段に悪くなって。

ああ、だからわかったって。馬?……何言ってんだよ、お前。

ごめん、ごめん。そんなことで、こっちはあんまり力になれそうもなくて。ああ、わざわざ挨拶になんて来なくていいよ。楓のご機嫌がまた……。

何だよ。はい、はい、もう切るよ。だから、わかりましたって。

ごめん。楓がキーキー言ってるから電話切るね。日和ちゃん、これから寒くなってくるから、とにかくからだ、気をつけてな。

最悪だ。——いや、その言葉はもう何度も使った。想定していた以上最悪、最悪の三乗……日和も、自分の窮状を的確に表す言葉が思いつかない。

むろん、マンションを明け渡してくれと言われたことは、これ以上ないほどのショックだった。大きな木槌か金槌で、真上から頭をゴンと殴られたような気分だったし、電話で亜以子と話している途中から、だんだん血の気が退いてきて、心臓もコトコトと足早に駆けはじめた。でも、亜以子や亮太と話した時は、事業や商売というのは、そういうものなのだろうと納得したし、あえて納得しようと努めてもいた。あちらは商売なのだから仕方がない。不動産と言っても流動資産。義理もあれば、損得勘定もあって、それで会社や商売は成り立っている——。

しかし、母の江津子と話していて、日和は何度もどきりとしたし、江津子には見えない電話のこちら側で、実のところ冷や汗を掻いていた。

〈ヒヨコの弟、ヒヨ吉くん、来年結婚だとさ。ヒヨコとは、年子でひとつしか歳は違わないけど、ヒヨコ、弟に先を越されたよん。ピー。

ヒヨ吉が結婚を決めたお相手、バンビちゃんともお目にかかりましたピヨ。

ヒヨコとしては、ちょーっと意外だったかな。何つーか、ヒヨ吉は、もっと溌剌《はつらつ》としていて個性的な魅力の持ち主を選ぶと思っていたから。

バンビちゃん、かわいいかたですよ。でも、何かどこかで見たような……って人。そうね、本名もなんだけどさ、AKBあたりにいそうな娘って言いますか。

え？　AKBならすごくかわいいじゃんって？　……そう、そうなんですけどね……。ただし、AKBはAKBでも、センターじゃなく最後列にいそうなメンバー。AKBの四十番から四十八番あたりって、皆さま、名前言えますか。ヒヨコは駄目だな。顔も思い出せないし、顔と名前を一致させるなんて全然無理。

つまりは、かわいいことはかわいいけど、どこにでもいそうな娘。これといった個性がないんだよね。子鹿の群れのなかの一匹——そんな人。だからバンビちゃんなのだ。ピ。〉

日和は、日向の婚約者の真優に関して、そんなブログを書いた覚えがある。江津子によると、日向はAKBだのバンビだの言って機嫌を悪くしていたというし、自分は日和の好みに合った女と結婚しようとは思ってないと言って怒ってもいたという。それは、ブログの内容と一致する。日向なり真優なりがブログを見たからこそ、口からでてきた言葉だろう。でなければ、AKBだのバンビだの、でてくるはずがない。

そう考えると、亮太はともかく、亜以子と吉野の言葉のなかにも、それを匂わすものがあった気がしてきた。

悪い意味でのキーワードは馬であり鹿だ。

亜以子は言った。

「真名瀬だって、大変な努力と苦労をして、会社をここまでにした。単にラッキーで勝ち残った勝ち馬じゃないのよ」

そして、吉野本人ではないが、電話の向こうの楓が、馬がどうとか言って、日和に対して憤慨《ふんがい》している様子だった。その楓は、日和が牝馬チャンと命名した、あの美馬可南子にかわいがられていたという。日和に駐車場を安く貸したことに関して、「ああいう人に貸すから」と、前に楓は吉野に言ったというが、ああいう人というのは可南子を馬に譬えるような失礼な人、という意味ではなかったか。

とすると、楓もブログの存在と内容を知っていることになる。ひょっとすると、可南子もだ。

公的な生活、メイトでの会社人生活は諦めた。それは、私的な生活までも駄目にすまいという苦渋の選択だった。にもかかわらず、近隣、それに親族にも、どうやらブログの内容が漏れだしているようだ。亜以子が急にマンションの部屋を空けてくれと言いだしたのも、本当は商売の都合だけではないかもしれない。自分たちを勝ち馬に譬え、それに乗っからない手はないなどと書いている日和に呆れて、愛想を尽かした可能性もある。それに亜以子は、理の件に関してこう言った。

「理君は、日和ちゃんにつまらない人、何度会っても気分が盛り上がらない人と思われているようだから……と言っていたわよ」

それもまたブログに書いたことだ。理も日和のブログを見た？　だから、日和が会社を辞めることにしたとメールした時も、木で鼻を括ったような素っ気ないメールを返してきた？——よもやと思いつつも、考えれば考えるほど、そう思えてくる。

(どうして？　いったい誰なの？　誰が言いふらしているの？　教えているの？　会社の人間？……)

成子は、会社の人間である可能性を示唆したし、たしかにそう思える節もあると、その時は日和も思った。が、考えて、日和は混乱しながらも頭を小さく横に振った。

(ううん、あり得ない。会社の誰かが、私が住んでる地域の人や親戚にまで知らせるなんて、そんなことあり得ない)

会社の人間であれば、日和が面目を失って社から消えればそれでいいはずだ。私的生活まで手を伸ばしても、苦しむ日和の姿や様子が見られるでなし、そんな手数のかかることをするはずがない。

ひよこがね
おにわでぴょこぴょこかくれんぼ
どんなにじょうずにかくれても
きいろいあんよがみえてるよ

……

その時、日和の耳に、『かわいいかくれんぼ』のメロディと歌詞が、幻聴のようにはっきりと甦った。
(イサクだ！　アイザック……。どんなにじょうずにかくれても、きいろいあんよがみえてるよ……って、まるっきり私のことじゃない？　あの人、私を揶揄する目的で、あの童謡を着メロにした……違う？)
イサクは仕事で時々三鷹に来ていると言っていた。つまり、三鷹に土地勘がある。彼がイサクであるならば、日和が住んでいるマンションも特定できたはずだ。それに、彼はウエブデザイナーだと言っていた。それがどういう仕事かはよくわからないが、ウェブというからには、コンピュータと関わりの深い仕事だろうから、きっとコンピュータにも詳しいに違いない。会社のパソコンが、いっときｈｕｎｎｉｂａｌに乗っ取られたように、彼が日和のパソコンにはいり込んで、日和の情報を覗き見ていたのかもしれない。だとすれば、亜以子や日向といった身内のアドレスだって知ることができる。彼らにメールでブログの存在を知らせることも可能だ。

（嫌だ……）

心で呟くと同時に、日和は一瞬怖気立っていた。今まで何ということなしに使っていたパソコンが、急に恐ろしいマシンのように思えていた。今、他人のパソコンを遠隔操作して行なう犯罪がニュースで取り上げられている。他人のパソコンに侵入して操作――パソコンに精通している人間であれば、かなりのことができるということだ。

（だけど、何で？　私があの人に何をした？　恨まれたり嫌がらせをされたりするようなこと、私は何もしていないじゃない。だいたい、ネット上でだけのつき合いだもの。何が気に入らなかったにしても、ここまでのことをされるような筋合いはないわ。なのにどうして？）

恐ろしいマシンだと認識はした。だが、今、アイザックに連絡を取るには、パソコンを使う以外に方法はない。

日和は顔を曇らせながら、真剣な面持ちをしてパソコンを立ち上げた。人違いかもしれなくても、イサクに連絡を取らずにはいられなかった。閉じたはずのブログを更新する。タイトルは、『緊急告知』。

〈イサクさん、どうしてもご連絡したいことがあります。どうか私のアドレスにメッセージをお願いします。

また、ほかの皆さまでも、イサクさんのことをご存じのかたがいらっしゃいましたら、ぜひともメッセージをお送りくださいませ。

一度閉じたブログですが、緊急事態発生につき、ずるりと開いてお願いする次第です。何とぞよろしくお願い申し上げます。〉

公的生活もぼろぼろなら、私的生活もぼろぼろになりかけている。日和は、何としてもアイザックを捕まえたかった。

3

〈ヒヨコさん、何だかお困りのご様子ですね。ブログも突然閉じてしまわれたし、何かあったのかな……とは思っていたのですが。

実は私、イサクさんに教えられて、ヒヨコさんのブログを覗くようになったんです。ヒヨコさんにお教えする訳にはいかないので、イサクさんに、ヒヨコさんがご連絡取りたがっていらっしゃる旨、お伝えしておきます。

たぶん、連絡くださるのではないかと思います。私の知っている限りのことですが、イサクさん、親切なかたですから。　マルガリータ〉

〈突然のブログ閉鎖……やっぱり何かおありなんですわね。

ご存じ、わたくし、ネット好きの有閑マダムでございますから、よそのブログもずいぶん覗いております。AME-NETでは、アイドルさん、タレントさんといった有名人のかたが多くホームページやブログをアップしていることでも知られておりますものね。

で、イサクさんのこと。

イサクさん、直接は存じ上げませんけど、よそのブログでもときたまお見かけします。これはわたくしの推測でございますけど、イサクさんは、i-zaqというウェブデザイナーではないかと。アイドルの川北優子《かわきたゆうこ》さん、女優の高岡澪《たかおかみお》さん……あのかたたちのホームページやブログのデザインをなさっているのが、i－zaqというデザイナーさんです。

イサクさんからご連絡ないようであれば、ウェブデザイナーのi－zaqということで検索してみるのも一案かと。

確証のあることではございませんので、お報せするのを迷いましたが、ヒヨコさんが緊急という言葉を使っておいででしたので、推測ながらご一報までということで。もしも人違いでしたら、ごめんなさい。〈ヘル夫人〉

マルガリータ、ヘル夫人からメッセージが届き、日和はイサクとの距離がやや縮まった気がした。そして、やはりイサクはアイザック、ウェブデザイナーのi－zaqなのだという感を強くした。だが、肝心のイサクからのメッセージはまだ来ない。が、よく考えてみるなら、日和はもはやイサクと連絡を取る必要はない。日和が連絡を取るべき相手はi－zaqだった。イサクがi－zaqであろうとなかろうとだ。だから、たしかにヘル夫人が書いているように、ネットの検索エンジンを使えば、彼のホームページなりウェブ上での連絡先がわかるに違いない。ただ、i－zaq――アイザックは、三鷹で会った時に、「あなたが僕のクイズを解いたなら、僕の方から連絡する」と日和に言った。イサク＝i－zaq＝アイザック、それがクイズの答えであるならば、きっと彼は約束通りに自分から連絡をくれるだろう。だが、それが彼のクイズでもなければ答えでもないならば、仮に日和が彼のウェブ上の連絡先にメールを送っても、きっと彼は反応しない。だからこそ、日和は彼のメッセージに「ワトソン君、ならぬイサク君。あなたはもしかしてアイザック君?……」というレスをつけた。彼は日和のレスを読んでくれただろうか。

考えながら、閉じたはずのブログをまた開き、日和は短く更新した。今回のタイトルは、『御礼と解答・その2』だ。

〈一度は終了させたはずのブログ、ずるずるしつこくすみません。

イサクさんの件では、幾人かのかたからメッセージを賜《たまわ》り、どうもありがとうございました。ここで御礼申し上げます。

そして、イサクさん……私はあなたからのメッセージにレスをつけました。それをご覧いただけたでしょうか。それが私の解答・その1です。

そして今日は念のため、解答・その2ということで。

あなたの着メロですが、あれは私のことですね。私を揶揄したと言いますか。それをあえて私の地元で、私の耳に届くように聞かせた——違いますか。

私の解答・その1とその2をご覧になって、もしもそれが正解でしたら、ぜひともご連

絡を。それはあなたがお約束なさったことです。お約束、果してください。お願いします。〉

日和にもうこれ以上のクイズの回答は思いつかない。あとは先方からの連絡を待つだけ。そしてなかなか連絡を寄越《よこ》さないようなら、ヘル夫人のアドバイス通り、ネットで検索して当たってみる。日和は一応の回答をしたのだ。もしもそれが間違っているとしても、「不正解」ぐらいの反応はあって然るべきだ。何せクイズをだしたのは向こうなのだから。

あっという間の秋、十一月――日和はあと十日余りで、メイトには出勤しない身となる。この一ヵ月半ほどは、社内の白い目と敬遠と忌避という冷たい空気に晒《さら》されて、帰りにエキナカや駅近くの店で、惣菜を買う元気すらない日が何日もあった。毎日そんな空気のなかに身を置いていると、去りたくないのに、退職する日が、ちょっぴり待ち遠しく思えたりもする。その日が訪れれば、日和はあの空気から解放されるし楽になれる。

とはいえ、先のことは何も決まっていないのだから、日和は無職の身に転落するのみだ。おまけに、駐車場は年内に、そして春までにはマンションの部屋も明け渡さなくてはならない。優雅な三鷹暮らしともさようならだ。そんな状態に陥って、いまさら犯人探しもないものだと思う。アイザックが犯人であれ、また、犯人を知る人物であれ、日和のこの状況に変わるところは何もない。

それでいて、――いや、だからこそ、日和は、誰がどうして自分をここまで追い詰め貶《おとし》めたのかを、どうしても知りたい気持ちになっていた。何も知らないまま、また誰に仕かけられたかもわからないまま、ただおとなしく不幸に転落するのは堪らない。加えて、その人物がどこまで日和の恥を晒したかを知っておきたいという気持ちもあった。私的な生活面での転落は、何とかここで食い止めたい。そのためにも、その人物が、これ以上、日和のブログを周囲に流布することは阻止したかった。

(いったいどこまで広がっちゃってるのよ)

成子は公開はしないと言ったが、人の口に戸は立てられない。社内のほとんどの人間が日和のブログを全部ではなくても見たはずだ。会社はともかく、近隣ではどれだけの人が、身内では誰と誰が、日和のブログを見たのか――それは承知しておきたい。それによって、対する相手によって日和の出方も違ってくる。

(だけど変……。それがイサク……アイザックだとしても、あの人がドキュメントケースを隠したりはできないはずだわ。あれは偶然？　誰かの間違いか悪戯？　でも、私が会社のパソコンでブログを覗いたり更新したりしていたことにしたって、あの人は知らないはずよ。それは榎戸さんが上にご注進したこと？　――ううん、あの人は聞かれたから答え

ただけ。榎戸さんは、個人の秘密は守る人だもの。だから、信頼されてしょっちゅうお招びがかかる訳で……〉

アイザックが犯人、もしくは犯人を知る人物、今回のことと関わりのある人物と思いながらも、どうももうひとつ腑に落ちない。だから余計に日和は、何としても直接彼と会って、話が聞きたかったし、あれこれ問い質してみたかった。

今は、この先の生活を考えるべき時——わかっているが、この謎が解けない限りは、日和は何だか前に進めない気分だった。

そして、翌日、とうとうイサクからメッセージが届いた。

〈僕と連絡取りたがっているみたいだね。レスも読んだしブログも見たよ。日和さん、ご名答。前に三鷹で会ったよね。僕は、おっしゃる通りi‐zaq、ことアイザック。もちろん、本名はまたべつにあるけどね。それと『かわいいかくれんぼ』の着メロだけど、あれはたしかにヒヨコさん、こと日和さんを意識してのことだった。でも、べつにあなたをからかってのことじゃない。僕なりの警戒警報のつもりだったんだけど。どうなんだろう……突如ブログ終了ということからしても、時すでに遅しという感じがしているんだけど……。だから、いまさら僕が連絡してもねえ。ただ、日和さん、クイズに正解しているし、マルからも「連絡してあげなさいよ」と言われちゃったからな。それで連絡した次第。あ、マルっていうのはマルガリータね。

先に言っとくけど、僕は悪さの仕かけ人じゃないよ。僕は、他人にそうそう悪意は抱かないし、お金にもならないのに面倒臭いことするのは嫌いだから。

でも、まったく関与していないかと言われれば、そうでもないっていうことになるかも。浮世の義理だよ。それと、食べていくため。調べてくれって言われれば、調べることもする。僕はウェブデザイナーだけど、サイバーディテクティヴの真似事みたいなこともしているから。

ほら、アイドルや何かのブログって、時として脅迫めいた書き込みをするヤツがいるでしょう？　ブログの端々《はしばし》から住んでいるところを割り出して、実際ストーカー行為に及んだり、時に暴力ふるうヤツもいる。だから怖いんだよね。ウェブ上で何やかんや言っているうちに突き止めて、そういうヤツらをブロックするような役割ね。

まあ、僕のことはいいや。

日和さん、何だか大変なことになっているみたいだけど、何を僕に訊きたいの？　僕がそれに答えたとして、今の状況が改善されるの？

いや、僕は言わばシロだし、第三者みたいなものだから、これといって痛痒を感じないんだけど、下手なことを喋ると、恨みが恨みを招きそうで……。女の人って怖いからね。といった次第で、実のところ、僕はあんまり乗り気じゃないんだけど、一応、連絡先としてGmailのアドレスを教えておくよ。お手柔らかに頼みますよ。

イサク、ことアイザック〉

〈僕は悪さの仕かけ人じゃないよ？　サイバーディテクティヴの真似事みたいなこともしているから？……〉

日和はイサクのメッセージを読みながら思っていた。サイバーディテクティヴ、つまりはネット探偵ということか。仕かける方ではなく、探る方。それでいて、イサクは、まったく関与していないかと言われれば、そうとも言い切れない部分があるようなことを書いている。

彼が信用に値する人物なのか、肚《はら》を割って話をして然るべき相手なのか——日和には判断がつかなかった。会って話をした結果、より悪い状況にはまることも考えられなくはない。だが、日和は、やはり彼と会って話を聞いてみたかった。ヴァーチャルでのつき合いをリアルに持ち込むことには危険があるが、彼が日和のことを、ヒヨコさんではなく日和さんと言っていることからも、関係はすでにリアルの域にはいっていると言っていい。それに、彼とはもう少なくとも二度は会っている。加えて、相手の素性もほぼ割れている。そもそも日和は、すでにこれ以上悪くなりようがないほどの状況にある。恐れる必要はない気もした。いや、そう考えて、自分を鼓舞したというのが正しい。実のところ日和は、こうなってみてから、怖いものだらけだ。誰も彼もが怖い。パソコンもネットも怖い。その気持ちを乗り越えて、日和はイサクにメールを打った。

〈イサク　さま

アイザック　さま

どちらで呼んだらいいものか……これからは、アイザックさんと呼ばせていただきますね。

メッセージ、どうもありがとうございました。アイザックさんからのメッセージ、ずっとお待ちしておりました。

アイザックさん、お仕事で時々三鷹においでになるとおっしゃっていましたよね？　その時でも構いません。一度お目にかかれないでしょうか。

もちろん、私の方は、三鷹でなくても構いません。アイザックさんがお時間作ってくださるなら、どちらでもご指定の場所にお伺いいたします。

おっしゃる通り、時すでに遅しかもしれません。でも、私、この謎を解かないことには、前に進めないいんです。

私、とても困っていますし参っています。どうかアイザックさんがご存じのこと、お教え願えないでしょうか。

アイザックさんにご迷惑はおかけしないと約束いたしますので、どうかよろしくお願いいたします。〉

アイザックからもメールが届いた。

〈日和　さま
うーん、困ったな。でも、日和さんは僕以上に困っているんだろうな。
僕が望むことは、ことがこれ以上大きくならないこと。違うな。もっと正確に言うなら、僕が話したことによって、再びの泥仕合だか何だかが繰り広げられないこと。それだけ。
日和さん、何を知っても、ネットで仕返しとか……そういう馬鹿なこと、考えないしやらないと約束してくれる？　現実での意趣返しも含めてね。だったら、会って話をしてもいいけど。

ただし、僕が知っていることと日和さんが知りたいこと、食い違っているかもしれないよ。日和さんの疑問のすべてには答えられないと思うけど、それでいいかな？

その条件を呑んでくれるのなら、三鷹に行くよ。明後日、土曜の夕方、どうせそっちで仕事があるから。

明後日の午後二時、前に会った三鷹の喫茶店でどう？　土曜は日和さん、仕事は休みでしょ？　僕は四時過ぎには喫茶店を出ないとまずいけど、二時間もあれば、話は充分できるよね。

以上、ご検討ください。　アイザック〉

アイザックと会う——そう考えただけで、何だか心臓がどきどきした。今回のことの答えか大きなヒントを握っている人物。
むろん、日和は、何を聞かされても、馬鹿げた仕返しや意趣返しはしないと、アイザックに約束する返事を書いたし、その言葉に嘘はなかった。いかに仕返ししたくても、日和にはその力がない。だから、できない。それに日和は、誰かをそこまで恨んで何かをするという、精神的なエネルギーがなかった。精神的なエネルギー——情念、怨念と言い換えてもいいかもしれないが。

（そんな私が、こんな目に遭うなんて……）

それが日和にとっての一番の謎と言えるのかもしれなかった。

4

アイザックと会った。

日和が意識している分には、これで三回目。アイザックが何かを知っているし、彼が犯人である可能性もあると疑っていたことは事実だ。が、パーティーで見かけた時、それに前に三鷹で話した時、多少軽い感じはしたものの、特別悪い印象を受けなかったこともまた事実だった。見た分には、陰か陽かで言ったら陽、少なくとも、陰湿でねちっこい真似はしそうにないタイプ。日和のブログにイサクがつけたコメントを読み返したが、やはり、軽くて明るいのが彼の特徴という気がした。そして、アイザックと直《じか》に会い、ぴったり二時間、彼とじっくりと話をしてみて、日和はその思いを強くした。マルガリータが書いていたように、きっと彼はどちらかと言うと、親切な人間だし、善人だろう。ちょっぴり悪戯好きかもしれないが。

彼のお蔭で、日和が抱えていた謎の多くは解明された。とはいっても、日和は少しもすつきりした気持ちになれず、喫茶店から家への帰り道、途方もない虚脱感と疲労感に浸されている自分を感じていた。むろん、顔に明かりの灯る道理もない。

「本当に偶然だったんだよ」アイザックはそう口火を切った。「サンホークス連雀に、僕の仕事相手のライターさんがいてね。彼女――仮にバービーということにしておこうか。バービーは、アイドルやタレント、それに女優なんかの告白本や暴露本、半生記、ダイエット本に美容本……そういうのを得意としたライターさん。つまりはゴーストだね。ああいうの、結構いいお金になるんだよ。バービーは、文章力もあるし器用だから、一時は重宝がられて、筆一本でかなりのお金を稼いでた。社交的な性格で営業力もあるし、彼女、なかなかの美人でもあるから。

ところが、近頃、その手の本は売れなくなった。本人が書いている訳じゃないというのが周知のことになってきたし、ダイエット本、美容本に至っては、単にメーカーとつるんだダイエット器具や美容器具なんかの宣伝目的だってことも、みんなわかってきちゃったからね。男がこの世に存在する限り、アイドル、タレント、モデルの写真集はなくならないし売れると思うよ。でも、今は相当な大物か、さもなきゃお騒がせで注目されている女優かタレントじゃないと、本はもうそうそう売れない。ことに3・11以降、みんなそれどころじゃなくなっちゃったからね。

で、バービーの仕事も激減。それで彼女は、忙しいアイドルやタレントに代わって、彼女たちのホームページの更新をしたり、本人たちから電話やケイタイメールで聞き知った日常を、ブログに書いたりするようになった。そこで僕との接点も生じた訳。僕はアイドルやタレントのホームページやブログのデザインなんかをやっているからね。

でもねえ、近頃の子たちは、みんなそれなりに文章書けるから。単に文章書けるだけじゃなく、特徴的で個性的な文章を書ける子もいる。それにツイッター。あれならべつに文章力がなくったってね。

だけど、当面は何とかウェブで仕事をつないで食いつないでいくしかないってことで、アイドルやタレントが多くホームページやブログをアップしているAME-NETを当たっていたんだ。そこはこっちも利害が一致。所属事務所のセンスのない人間がやっているようなホームページやブログを見つけたら、そこが狙い目になるからね。営業かければ、バービーも僕も、食い込めるチャンスがある。

それでなんだよ。日和さんのブログ、『ヒヨコ女の毒舌ピヨピー』を知るに至ったのは」

「あれ？　この子、住んでいるの三鷹だな。それもこの近辺……って言うより、ひょっとしてこのマンションじゃない？」

「え、嘘？」

最初はアイザックが発見して、そんな調子で二人で日和のブログを覗いた。むろん、日和は二人の見込み客ではなかったが、以来、近隣、しかも同じマンションということで、時々日和のブログを覗くようになったし、アイザックはイサクとして、コメントをつけるようになった。

「今となっては申し訳ないことをしたと思うけど、日和さん、ちょっと脇が甘そうだから、コメントつけて誘い水にすれば、いろんな面白い話がぽろぽろでてくるんじゃないかと思ったんだよ」

アイザックの読みは図に当たったというか、日和はコメントが多くつき読者がふえればふえるほど、調子が上がって周辺のことを、サービス精神旺盛に、あれこれブログで語るようになった。

「最初のうちはよかったんだ。バービーもまだ冷静だったし受け流す余裕もあったから。でも、最後の命綱とも言える女優さんから言いがかりをつけられる恰好で仕事を切られて……。その女優さん、気難しいことでも知られてるけど、大物なうえ、注目の人でもあるし、彼女の本なら売れたんだよね。バービー、これまでは、扱いづらい彼女と、何とかうまくやってきたんだけど」

女優の夫であり、新たに事務所の社長となった男性は、彼女の三番目の夫だ。数年前に結婚したのだが、彼は彼女より歳下であるだけでなく、女癖が悪いことでも知られていた。が、事務所の社長である彼から呼びだされれば、バービーも出ていかない訳にはいかない。

「結構頻繁にお誘いがあるし、口説かれてもいたから、バービーも困っていたんだ。まさか女優さん本人に直訴する訳にもいかないし」

ある晩、奇妙な香りのするお香を焚いているバーに連れていかれ、テキーラの一気飲みを三回続けて迫られた。

「君がこのハードルをクリアしたら、もう僕は君を誘わないよ。うちの奥さんにも、告白本は、ぜひ君にやってもらったらいいと話しておく」

女優の夫はそう言った。当てになる約束かどうか——けれども、バービーは受けて立たない訳にはいかなかった。

「結果、これまでにないような酷い悪酔いをして、マンションまで帰り着くのがやっとだったって。裏にそういう苦労や事情があったのに、日和さん、そうとも知らず、そのことをもブログに書いたよね。それも、事実をかなり誇張して。その頃から、バービーも、だんだんあなたのブログにかかりかかりしはじめた。『あんた、何よ？　何様よ？』『何なの？　話を面白おかしくして』『堪らないわ、このノーテンキぶり』とか言ってね。で、あなたのことを調べはじめた訳。悪いことに彼女、それだけの思いをしたっていうのに、女優さんはバービーが亭主を誘惑しようとしたと言って大激怒。結果、バービーは最後に一本摑んでいた太い綱までなくしちゃって、相当参っていたんだよ。それで仕事場縮小ということにもなった。そこでもまた日和さんは、バービーのことを書いたよね。それで完全にバービーはキレた。『貧困に陥った牝馬チャン、ついに都落ち？……。何よ、これは。自分は優越感に浸ってラッキー？　ピヨピヨ？　いい加減にしてほしいもんだわ』……。僕は放っておけって言ったんだけどね。彼女、自分が書き手だけに、何者でもない人間が垂れ流すブログって、本当のところ、もともと嫌いだったんだと思うよ。それを自分がゴーストとしてやらなければ食べられないというジレンマ。きっとそれもあったんだろうなあ」

そこまで言われれば、いや、言われなくても、もう日和にもバービーが誰かはわかっていた。美しき牝馬チャン、美馬可南子――。ライターと聞いた時から、そんな気がしていた。そうはいっても、思ってもみなかった犯人の出現に、はじめのうち日和は、目を見開いたままアイザックの話を聞いていたし、途中鳥肌が立ったりもした。あまりにも思いがけない犯人、あまりにも自分の身近にいた犯人――。

「あなたが石屈日和さんという人だというのは、管理人さんに訊くだけでわかった。あなたがメイトに勤めていることも、オーナーさんの娘さんから聞いてわかった。あなたが叔母さんが所有している部屋に格安で住まわせてもらっていることもね。そこまではバービーが調べたこと。まあ、あなたがブログに書いていたことも含まれているけど。その先、あなたがどこのどういう家の人間なのか、その叔母というのはどういう人なのか……そういったことを調べてほしいと彼女は僕に言ったし、一応僕もその仕事を請け負った。サイバーディテクティヴの真似事をしていると言ったけど、そのスキルを使うまでもなく、いろいろなことがわかったよ。だから、まあ加担したと言われれば、加担したことになるのかもしれないけど」

真名瀬の叔父・叔母がマナセの経営者夫婦だということも、日和の実家が「真魚家　沼津旭屋」をやっていることも……みんなアイザックが得た情報だし、そこまでわかれば、マナセや「真魚家　沼津旭屋」のウェブサイトやホームページ、問い合わせ用のメールアドレスも、今は検索エンジンですぐにわかる。

「それで？……それで彼女は私のブログの存在を周囲に報せた訳？　そうすれば、私が困るだろうと」

「まあ、そういうことだね。ネットって、膨大に広いようでいて、世間と同じく、案外狭かったりするんだよ。僕が日和さんのブログを見て、サンホークス連雀じゃないかと気づいたのと同じように、日和さんのブログを見て、『牝馬チャンって、バービーのことじゃないの?』なんて余計なご注進を入れてくる人間もいてさ、彼女、自分の恥を世間に晒したような気分になったんだと思うよ。『何様のつもりか知らないけど、いい気に他人のプライバシーを、ここまで書き散らしていい訳? 世間に撒き散らしていい訳? それも尾ひれをつけたいい加減な情報を。そんなことが許されていい訳?』なんて言って。彼女にしてみれば、『だったら、あんたもプライバシーを晒してみなさいよ』っていう気分だったと思うよ」

それで可南子は、マナセのホームページを通じて、亜以子に日和のブログの存在を報せ、「真魚家 沼津旭屋」のホームページを通じて、ホームページをやっている日向や真優に、同じく日和のブログの存在を報せた——。

「もしかして、加古川さん——高砂設計の加古川さんにも?」

恐る恐る日和は尋ねた。

「ごめん。それもバービーに頼まれて僕が調べた」アイザックは、ぺこりと日和に頭を下げた。「『高砂の君』は高砂設計の三男、加古川理だって」

「どうしてそれがわかったんですか」

「マナセがわかれば、その取引先を調べたらだいたいわかる。日和さん、匿名にしているつもりでも、ずばり〝高砂〟って書いているんだもの。高砂設計の三兄弟のうち、未婚なのは三男の理さんだけ。だから、『高砂の君』は加古川理さん。高砂設計も、ホームページがあるからね」

「それで、バービーさんは、理さんにもメールで私のブログを教えた――」

溜息交じりに言った日和に、「そうだろうね」とアイザックは小さく頷いた。

「楓ちゃん――オーナーさんの娘さんが怒っていたっていうし、私が一万円で駐車場を借りていることがバレたというのも……」

「そう。僕も確証は得ていないけど、たぶんバービーがバラしたことだと思うよ。マンションの住人の何人かは、あなたのブログを読んでいる。管理人さんも含めて」

「管理人さんも？」

言った次の瞬間、増岡の面白くなさそうな顔が浮かんでいた。

「『石屈さんから何かもらったでしょう？　そのこと、ブログに書いてありましたもの』とか言って。管理人が住人の誰かからものをもらって、それでその誰かを特別扱いしているとしたら問題だというニュアンスも込めてね。そう言われたら、管理人さんだって読まずにいられなくなる」

だからだ。ある時期から、増岡の日和に対する態度が、どこか不機嫌そうで冷淡なものになった。それまで文具をあげると受け取ってくれていたのに、一度は受け取ってくれた写メイシメイトを突き返してきた——。

「だけど……私は匿名でブログに書いただけです。たまたまそれが美馬さん——いえ、バービーさんだと気づいた人はいたかもしれませんけど、そんなにおおっぴらに世間に言いふらした訳じゃありません。なのに私は周りの人みんなに——」

やっとのことで、日和はアイザックに抗弁するように言った。

「範囲の問題じゃないんじゃない？　ああ見えてバービーは、自分の生きる道をしゃかりきになって切り開いてきた。彼女のまわりにいるタレントさんや女優さんだって同じだよ。ところがあなたはそうじゃない。なのに、ラッキー、ラッキーって言って、周りの人間を腐している。そういうあなたが許せなかったんだと思う。——いや、理屈じゃないのかもしれないな。単に嫌い——そういうこともあるかもな。女性の場合、いったん嫌いとなったら嫌い。その感情ほど崩しにくいものはないから」

「嫌い……私が嫌い……」

「そう。なのに、あなたは、自分はみんなに好かれていると思っている。バービーからすれば、そこもあなたの嫌いなところだったのかも」

「だけど、どうして会社にまで。私、会社も辞めなくてはならないような状況に追い込まれているんです。と言うか……もう辞めることになっていて……。何もそこまでしなくてもいいんじゃありませんか。私から活路を奪うような真似までは」

「ああ、やっぱりそういうことになってたんだ。そんなことじゃなかろうかと、僕は心配してたんだ。石屈亮太氏のパーティーの時、お宅の会社の役員たちがあなたの名前のあるど派手な花籠を、泡食って裏に引っ込めるのを見ちゃったから。あんな花、日和さんが贈る訳がない。でも、バービーがしたことじゃないよ。もちろん、僕がやったことでもない」

「え？　じゃあ、N BOXの傷は？」

「ヒヨコさん——じゃなかった、日和さん。落ち着いて、物事分けて考えようよ。物事分けて話そうよ」

「物事分けて？」

「そう。日和さん、ブログにそのこと書いてたけど、何だか嫌だから、僕もN BOXのことはバービーに直接確かめていない。でも、かなりエキセントリックな怒り方していたから、内心、それはあり得ると思ってる。つまり、それは近隣、それとあなたの親族に関わる事件や事案としてね。その範囲のことに関しては、バービーがやった可能性は大きいということになる。でも、会社という範囲でのことに関しては、さすがに彼女はノータッチだよ。わかったでしょ？　僕が物事分けてと言った意味。公と私、分けて考えてくれっていうこと」

「じゃあ、郵便物は？」

日和は次々疑問の言葉を発せずにはいられず、郵便物の転居届が勝手にだされていた事情も含め、矢継ぎ早にアイザックに尋ねていた。

「え？　郵便物が転送？　高田馬場に？」アイザックは少し目を見開くような表情をして言った。「それは知らなかった。そんなことがあったの？」

「それは公私で言ったら私の部分になると思うんですけど、美馬さん――バービーさんがやったということですか」

「いや、それはないと思うな。彼女はわざわざ高田馬場に転送して、あなたの個人情報を得る必要がないっていうか、逆に面倒だもの。あなたのことは、近くにいればだいたいわかるからね」

「じゃあ、誰が……」

思わず日和は顔を曇らせ、その顔を俯かせていた。

「さっき公と私と、範囲を別けて考えてよって言ったけど、少々訂正」アイザックが言った。「基本、あなたの私的な部分に起きたことは、バービーがやったこと。そう思っていい。でも、公私、多少入り組んでいるところがあるみたいだね。すべてが彼女の仕業ではないし、ことに会社に関わる問題には、バービーはノータッチ」

たしかに、いっときドキュメントケースが消えたことや、会社のパソコンが急に重たくなって、検索エンジンがｈｕｎｎｉｂａｌに乗っ取られていたことなどを考えると、それは可南子にできることではないと日和も思う。ｈｕｎｎｉｂａｌの件は、アイザックならできるかもしれないが、アイザックは、調べることには手を貸しても、日和に関して自分は何もしていないという。だからこそ、こうして日和と会ったと。

「でも……だったら私、どう考えたら？……」

「つまりね」アイザックは日和の顔を真っ直ぐに見つめていった。「犯人はバービー一人じゃない。犯人は、少なくとももう一人いる」

「犯人がもう一人――」

「そう。それもたぶん、あなたの会社のなかに。どう？　そう考えたら、辻褄が合うんじゃない？」

犯人が公私それぞれべつに一人ずつ――たしかに、そう仮定すると納得がいくし謎も解ける。

「でも、会社の誰が……」

「それは、やっぱり高田馬場がヒントでしょう」言ってから、アイザックは腕の時計に目を落とした。「ああ、ごめん。僕、もうそろそろ行かないと」

「今日もバービーさんとのお仕事ですか」

「ううん。三鷹にはべつにクライアントさんがいてね、今日はそっちの仕事」

「あの、アイザックさん、お仕事で時々三鷹にいらっしゃるのなら、もう一度お目にかかる時間を作っていただけないでしょうか。私にはまだわからないことが……」

「困ったな」言ってから一拍置き、諦めたようにアイザックは頷いた。「わかったよ。でも、僕が知っていることはもうほとんどすべて話したし、無駄に会ってもしょうがない。僕は、半分は日和さんに対するお詫びということで、高田馬場の方を調べておいてあげる。それがわかった時点で連絡するよ」

「本当ですか」

「うん」

そう返事をした時には、アイザックはすでに椅子から立ち上がっていたが、その言葉を自ら請け合うかのように、日和に自分の名刺をくれた。

『ウェブデザイナー　i-zaq　伊沢勇作《いざわゆうさく》』

伊沢勇作――それがアイザックの本名だという。日和に連絡先と本名を教えてくれたこと、それを彼の誠意として信じるよりほかになかった。

それにしても、可南子が犯人だったなんて。自分が可南子をそんなに傷つけていたなんて。可南子にそんなに疎まれ、嫌われていたなんて……日和は、部屋に帰る道々、可南子の顔を脳裏に思い浮かべては、何度も溜息を漏らさずにはいられなかった。嫌われていたどころか、可南子は日和に怨嗟の念さえ抱いていたに違いない。でなければ、日和の近しい人たちや親族たちのアドレスを調べ上げて、日和のブログを触れ回るようなことまではしなかっただろう。

(素敵な人だと思ってた。ある面、私の理想の女性でもあった。そのはずなのに……)

どこで行き違ってしまったのだろうと、日和は途方に暮れるような思いになった。一方で、日和は自分のネット上でのありように、言いようのない嫌悪を覚えていた。また、自分が取り返しのつかない過ちを犯したことを感じてもいた。そして、心でぼそりと呟いた。

(そうよ……私が悪いのよ)

5

アイザックと会ってから、十日余りが経った頃だったろうか。約束通り、彼は自分の方から連絡をくれた。日和が言った高田馬場のテラコーポをちょっと当たってみただけで、早くももう一人の犯人の見当がついたという。ただし、彼が連絡をくれた時には、メイト退職の日がやってきてしまっていた。すでにメイトの社員でなくなった後。言ってみれば、後の祭り。そして日和は、アイザックから聞かされるまでもなく、まさに退職のその日に、自分の肌でそれが誰であるかを確信してもいた。

あの一件が起きてからではない。それ以前から、日和と目を合わせようとしない人間が社内にいた。その人間が、日和が退職の挨拶をした時には、真正面から日和を見つめていた。その目に籠められた暗くて強い力と光に、日和は何か邪悪な念のようものを感じずにはいられなかった。そして、いよいよ日和が社を出る時、その人物は、ほぼ無表情な面持ちをしながらも、シニカルな笑みをふと頬と目のあたりに滲ませた。その目と表情が語っていた。「ざまあ見やがれ」「ああ、清々した」――。

日和の一番近くにいて、日和の情報ならいくらでも取れるし、存外計算高くてちゃっかり者で、油断のならないところのある卯月がやったことかと疑ったこともある。いや、そうではなく、石屈壮太郎の孫であり、石屈亮太の姪である日和の存在を、常日頃から疎ましく思っていた、成子をはじめとする上部の人間の陰謀ではないかと考えたこともあった。

けれども、違った。にやりとも言えない痙《つ》ったような笑みを見た時、ああ、卯月でも成子でも誰でもない。この人だったのだ、と日和は悟った。

一係のショタきゅん、ネグ坊、スネ男……広瀬直一郎。

直一郎のことは、ブログではボロクソに書いた。だが、同期でもあることだし、日和は特別彼に、嫌悪感や反感、もしくは敵意を持っていた訳ではない。ひねくれ者で面倒な奴だと思いながらも、頭は悪くないし、それが彼の特徴なのだと、それなりの理解をもって接してきたつもりだ。つまりは、直一郎は、人と対することが苦手、人あしらいが上手ではない。でも、頭はいい。それは、直一郎も感じてくれていると思っていた。

けれども、向こうは最初からそうではなかった。恐らくそういうことなのだと思う。べつに日和がブログでけちょんけちょんに貶《けな》したからではない。もともと直一郎は、日和が嫌いだったし、日和がいたく目障りだったのだ。彼の顔を見て、日和はそれを痛感する思いだった。あの時の直一郎の顔は、表情を押し殺しながらも、最大級の喜びを表していた。なぜなら、これまでに見たことがないぐらいに、彼の瞳が輝いていたからだ。

上級公務員を目指していたはずが、企業としては中規模の、メイトという文具会社などに落ち着くことになってしまった。それだけでも直一郎にとっては屈辱なのに、そこには創業者の孫であり、売れっ子デザイナーの姪でもある同い歳の女性がいて、これといって何の能力もないくせに、自分と同じく係長になっている。当然、その人間は会社にも一族のコネではいった。周囲は、石屈一族の人間というだけで、ある意味特別扱いをしている。が、本人はまるでそのことに気づいていない。優雅にのほほんと会社にいて、それが当たり前のように日々過ごしている。まったくのストレスフリー、能天気。それでいて、直一郎に対して、「私たち、同期だものね」「一係長と二係長、今月の五日は定期打ち合わせの日よね」「今回は、夏の見本市の相談をしましょう」と言ったりする。直一郎自身も、致し方なく知人のコネで入社したことは認める。だが、能力自体の差は歴然なのに、向こうは自分も同列の係長だと思っている。

冗談じゃない。お前なんぞと肩を並べたくない。同等？　同列？　やめてくれ。お前なんか、何者でもない――。

理由を探せば、きっとほかにもあるだろう。ただ、恐らく気持ちは可南子と同じだ。だから、同じような悪さを仕かけてきた。どうあれ、日和が嫌い。嫌いで目障りだし、目にするだけで苛つく。存在自体がもはや我慢ならない。自分のそばからも視界からも、きれいさっぱり消えていなくなってもらいたい。

案の定、アイザックの答えも同じだった。

「会うまでもない。今日は、わかったことを、今話すね」アイザックは日和に電話を寄越して言った。「結論から言うに、会社であなたが困った立場になるよう、あれこれ悪さを仕かけたのは、たぶん広瀬直一郎という名前の社員だと思う。メイトにそういう名前の社員がいるならね」

テラコーポ201号室を借りているのは、建設会社に勤める泉谷功二《こうじ》という男性だという。ベトナム、タイ、インドネシア……このところ東南アジアへの長期出張が多く、コーポの部屋を空けがちだ。そこに、泉谷の大学の後輩であり、会社からは家が遠い直一郎が、転がり込むような感じで寝泊まりしはじめた。泉谷の不在時、部屋を借りるような恰好でだ。高田馬場と新宿なら、些か大袈裟に言うなら、目と鼻の先みたいなものだ。むろん、泉谷との間では話がついている。

「でも、どうやってそこまでのことがわかったんですか」

日和はアイザックに尋ねた。

「向こうが向こうなら、こっちもこっち。ちょっとばかりメールボックスを探ってやった。そうしたら、泉谷様方で、広瀬直一郎宛の郵便物が届いていた」アイザックは言った。

「管理している不動産屋にも行ってみたよ」

アイザックは泉谷の従兄弟と名乗り、留守がちな従兄弟を久しぶりに訪ねてみたところ、従兄弟とは別人の、見知らぬ男がでてきたと話したらしい。すると、不動産屋は言った。

「ああ、それでしたら、大学時代の後輩のかたでしょう。近頃海外出張が多くて留守がちだから、時々後輩が様子を見にきたり泊まったり出入りをするし、あるいは自分の代わりに家賃を振り込んだりするからと、ご連絡いただいたことがありましたから。時々知った人間が出入りした方が、防犯上も安心だからとおっしゃって」

かくして呆っ気ないほど簡単に、泉谷と直一郎の関係がわかった。

「二日ばっかり彼を張ったよ。べったりではないけどね」アイザックは言った。「彼が出勤していったのは、まさしく日和さんが勤める会社、メイトのはいっている新宿のSJビルだった。もしもメイトに広瀬直一郎という名前の社員がいるとすれば、もう一人の犯人は、まず彼に間違いないだろうね。それと、高田馬場で彼が時々出入りしていると思《おぼ》しきネットカフェもわかった。自分のパソコンを持っている彼が、なにゆえわざわざネットカフェに出入りするのか——それは、何か悪事に類することをしようとしている時ということになるよね。つまりは、会社や会社の人間に、日和さんのブログの存在を報せるメールや中傷するメールを送ったりする時。日和さんも自分のブログについている訪問者の履歴を確認してみたらいい。ひょっとすると油断して、うっかりｂａｂａｃａｆｅ．ｃｏｍとか、それに類したアドレスを残しているかもしれない。当たり方がわからないなら、今度僕が見てあげてもいいけど」

「ううん、もう充分」

そう言ってくれたアイザックに対して日和は言った。

実際、そこまで聞けば、もう充分だった。もう一人の犯人は、広瀬直一郎にほぼ間違いない。自分でプログラミングもできるぐらいコンピュータに精通した彼ならば、日和のパソコンの設定を変えたり重たくしたりする程度のことはお手のものだ。もしかしたら、社内にもう一人ぐらいいるのかもしれないが、それを突き止めたところで仕方がない。ただ日和は、自分を蛇蠍《だかつ》の如く嫌っていたのは、社内でも直一郎だけではないということを、思い知るのみだ。

折しも亮太のパーティーの招待状は、転送期間内に日和宛に発送された。ＤＱＮデコの人間は、電話で花籠を注文したのは三十代の若い女性だと言っていたが、その程度の偽装はいたって簡単だ。誰か女性に頼んで電話をしてもらえばいい。顔見知りの喫茶店のウェイトレスとか、行きずりに近い程度の女性であっても、花を注文する電話ぐらいはしてくれるだろう。

「そうか。会社は一昨日で辞めたのか……」アイザックは言った。「すべては手遅れだった訳だ。あの花籠を見た時から、会社でも日和さんの身に何かが起きつつあるのは、僕も感じていたんだけど、よもやそこまでとは思っていなかった。この人、ちょっと困ったことになるだろうな……ぐらいの感じで。それが退職か。——ごめん。僕は何の役にも立てなかったね。それどころか、あなたの私生活を破綻させる方向に力を貸してしまった。日和さん、大丈夫?」

大丈夫ではない。全然大丈夫ではない。しかし、その責任をアイザックに問うのは間違いだ。アイザックが日和周辺のことを当たるのを断っていたとしても、可南子は必ず何かしらの方法で、それを探っただろうし、暴き立てたに違いない。

会社は辞めた。

亜以子の信頼は失った。日和にとっては大事な真名瀬夫婦の信頼と存在と言い換えてもいい。結果として、日和はサンホークス連雀の部屋も失うことになった。今、いかに亜以子に頭を下げて頼み込んだところで、亜以子が一度宣告したことを覆す訳がない。なぜなら、亜以子は自分が日和をスポイルした面もあると思っているからだ。いわば責任を感じている。したがって亜以子は、しばらくの間は、日和に対して厳しい顔を見せ続けるに違いない。厳しい態度にでるに違いない。だから早いうちにと、NBOXも修理にだしたのち、頭を下げて亜以子に返した。

加古川理——もうひとつ気持ちが盛り上がらない相手だったことは事実だ。だが、決して悪い男性ではなかった。今回のことで傷を負ったのは、むしろ理の方だろう。典型的な理工系の朴念仁だが、マナセや真名瀬の叔父・叔母の財産を思えば、切るには惜しい相手

——そんな書き方をされたら、当然腹も立つだろうし、二度と日和の顔など見たくないと思うだろう。それとも知らず、日和はメイトを辞めるとなった時、相談に乗ってくださいなどと、鉄面皮《てつめんぴ》なメールを打ってしまった。理は、何と勝手であざとい女だろうかと、呆れ果てたに違いない。考えるだけで、日和は自己嫌悪で顔から火がでそうな思いだった。

職も失った。住むところももうじき失う。次の仕事の当てはない。となったら、本当のところ、親元、郷里の沼津に帰るぐらいしか手は残っていない。実家は商売をやっている。ここでも頭を下げて、当面はアルバイト程度の安い給料であっても、「真魚家　沼津旭屋」で使ってもらう——。

ところが、今の日和にはそれもできない。両親は、事情を知らないだけに、日和が独断でメイトを辞めたことを怒っている。がっかり、残念という言葉を使ったが、叔父の亮太も同じ気持ちだろう。かといって、彼らにメイトを辞めざるを得なかった事情を話す訳にもいかない。このうえ重ねて恥を掻くことになる。

弟の日向は、内心憤慨しながらも、日和のブログのことは両親に話していない様子だ。だが、日和が沼津に帰ってくる、「真魚家　沼津旭屋」を手伝うという話になったら、それは受け入れられないときっぱり、首を横に振るに決まっている。自分の結婚相手、この先「真魚家　沼津旭屋」をともにやっていく相手を、かわいいことはかわいいけど、ＡＫ

Bのセンターではなく最後列にいるような娘、子鹿の群れのなかのただの一匹のバンビ、個性がない……などと書いた姉を、喜んで迎えるはずがない。日向にしても、真優にもブログの内容を知られ、バツの悪い思いをしたはずだ。「何やってんだよ、姉貴。いい歳してくだらないブログをアップするなよ。ネットって、結構怖いものなんだぜ」――日向の渋っ面が目に浮かぶようだし、言葉と声まで耳に聞こえてくるようだ。

「昔は、口は災いのもとなんて言いましたけど、今は、ブログやツイッターは……って感じですよねえ」

会社を去る前の日か、前の前の日だ。日和は卯月にしれっと言われた。

「一度吐いた言葉は、やっぱり元に戻せない」

日和も、自分は何とつまらないブログを書いたことだろうと思うし、今となっては、周囲の人のことをあれこれ書いて、それでいったい何が楽しかったのだろうかと思う。でも、一度ネットにアップしてしまった以上、そういうかたちで人目に触れさせてしまった以上、それをなかったものとして取り消すことはできない。そのことも痛感している。しかし、もうじき出ていかなくてはならない部屋を見て、翳る気持ちでやはり思う。

(どうして？　どうして私だけ？　みんなだって、好き勝手なブログを書いているじゃない。なのにどうして私だけ？　私ばっかり血祭りに上げられたみたいにこういうことになるの？　仕事も部屋も何もかも……みんな失わなくちゃいけないの？）

卯月とは、彼女が入社してきて以来、ずっと親しくしてきたつもりだ。「私の理想は……日和さんだな」と、卯月に言われたこともあった。日和はそれを、呑気に真に受けたりしていたし、今でもあの時の卯月の言葉に嘘はなかったのではないかと思ったりする。でも、それも本当のところはわからない。案外、もともと卯月も日和のことが嫌いだったのかもしれない。石屈のコネで会社にはいって、マナセの財産と好意のうえに乗っかって、お気楽に暮らしている、呑気なだけに苛立たしくも鬱陶しい女の先輩。石屈一族の人間だけに、多少は持ち上げていい気持ちにさせておかないとならない面倒臭い先輩――。

（嫌い……嫌いだったから？　嫌われていたから、私だけこんな目に遭うの？）

もうメイトに行くことはない。だから、成子にも直一郎にも卯月にも……日和は二度と会うことはないだろう。だから、もう確かめようもないが、彼らが日和を疎《うと》ましく思っていたこと、日和が社から消えたことに内心快哉を叫んでいること、それは間違いないような気がした。

妄想かもしれない。いや、妄想や幻聴だと思いたい。けれども、日和の耳には、彼らの嘲りの言葉と心の内の笑い声が、生々しいほどはっきりと聞こえてくるようだった。

同時に、日和は念の籠もったような暗くて冷たい眼差しも感じていた。それは可南子の、楓の、管理人の増岡の……日和の周囲の人間たちから注がれている冷やかな怒りと軽蔑を孕んだ眼差しだ。かろうじて吉野は、詳しい事情までは耳にしていないようだ。が、日和がずるずるとここに身を置いていれば、いずれ彼もそれを知るに至るに違いない。

(管理人さん、それにマンションのほかの人たちにも知られているんだもの)

日和は、ひとり力なく心で呟いた。

(どっちみち、ここにはいられない)

日和は、自分が自ら躓いて、何もかもを失う羽目に陥った。残念だが、それは認めざるを得ない。それでいて、やはり「どうして?」という思いが容易に消えていかない。しつこいぐらいに日和は思う。どうして私ばっかり?——

その時、日和は、可南子の声を聞いた気がした。

「それはあんたが馬鹿だからよ。人を馬や鹿に譬えてたけど、そのあんたがまさに馬と鹿の合わせ技の馬鹿。大馬鹿。大馬鹿なのに調子づいて、いい気になってたからよ。運がい い? それに乗っかってこのままずっといく? 冗談じゃない。世のなかそんなに甘くない。あのね、みんな、あんたみたいな女が嫌いなの。何と言っても一番嫌いなの」

誰を恨んでいいかわからない。目下《もっか》責めるべきは自分よりほかにない。

日和は両手で顔を覆ったまま、しばらくの間、床の上で背を丸め、小さく蹲っていた。

エピローグ

ひよこがね
おにわでぴょこぴょこかくれんぼ
どんなにじょうずにかくれても
きいろいあんよがみえてるよ
……

めだかのがっこうは
かわのなか
そっとのぞいてみてごらん
そっとのぞいてみてごらん

意識してのことではない。が、時としてこのふたつの童謡のメロディと歌詞が、勝手に日和の頭のなかだか耳のなかだかに流れていることに気がつく。そうすると、日和は頭にたかった蝿でもはたき落とそうとするかのように、きつく首を横に振る癖がついた。むろん、日和がはたき落とそうとしているのは蝿ではない。ふたつのメロディと歌詞であり、ほんの少し前まで自分が身を置いていた過去の日々というのが正しい。

すでに日和は、サンホークス連雀を退去した。亜以子から、「次のところ、決まった?」「三月末までに大丈夫でしょうね?」などと、心配とも催促ともつかぬ電話がはいるようになってからでは駄目だと、早めに引っ越しを決めた。立つ鳥跡を濁さず——今、日和が亜以子に対して見せられるのは、そんな姿しかないと思ったからだ。

今、日和は、西東京市で暮らしている。サンホークス連雀から自転車で北西に二十七、八分、そんな立地にあるコーポで、最寄り駅は西武新宿線の田無駅になる。

3LDK+BCというマンションの部屋あってのことだったと思うが、日和は三鷹暮らしが気に入っていた。住み慣れた土地でもあるし、離れ難い気持ちはもちろんあった。しかし、あの近辺で部屋を探せば、最寄り駅として三鷹駅を使えば、必ず生活のなかで見知った顔に出くわすことになる。なかには日和の愚かしいブログのことを承知している人間もいるだろう。日和を悪く思っている人間もいるだろう。そこにわざわざ新しい住まいを探すこともあるまいと考え直した。それに、三鷹は特別快速が停まる分、たいして便利でもないのに家賃が高い。もっと安くて快適なところ、もっと安くて駅に近いところ……と探していたら、自然と北西に移動していってしまった。で、西東京市。自転車で三十分ほどで三鷹というのは、日和なりの未練なのかもしれない。

今現在、日和が住んでいるコーポは、広めの1Kだ。広めといっても、何せひとつしか部屋がないのだから、サンホークス連雀の荷物をすべて持ってくるのは当然ながら無理だった。多くは処分したし、どうしても処分したくないものは、壮助と江津子の不興を買いながらも、沼津に送った。

「ごめん。当分、納戸か物置に入れておいて」

いざ暮らしてみてわかった。たしかに、人間、雨露凌げるところがあるというのはしあわせだ。起きて半畳寝て一畳と言われるように、生きていくだけならそう広いスペースは必要ないというのも事実だろう。が、如何《いかん》せん1Kは狭い。狭すぎる。物の置場に困るし、わが身の置場にも困る。料理を作ろうにもまともなものを作るだけのスペースがない。料理器具や道具を置くスペースもない。物と物との隙間に身を置き、それでくつろぎの得られようはずもない。

（どうにか人間的な生活を送ろうとしたって、この狭さじゃ、どだい無理よね。どうしたって無理。全然無理）

それでもいくつか見た部屋よりは若干広めだったのだから、日和より、もっと狭い部屋で暮らしている人間もいるということだ。これより狭い部屋で、いったいどうやって暮らしているんだろう——物で溢れた部屋を眺めながら、真剣に考えていることがある。こんな小さなコーポの部屋でも、家賃は六万八千円。保証人も必要だった。それには渋々壮助が応じてくれた。未だに父親の助けがなければ部屋ひとつ借りられない——そんなわが身の小ささを、日和は思い知るようだった。

（ここじゃ無理。早くここを出ていけるようにならなくちゃ）

気持ちは急くが、まだ仕事は見つかっていない。派遣の仕事でさえもだ。今はクリーニング店の取り次ぎとコンビニのバイトをかけ持ちして凌いでいるが、かけ持ちというのは、思いの外からだに応える。コンビニなど楽勝だと思っていたが、レジの打ち方からお釣りの渡し方、ポイントカードの入力の仕方、順番……いろいろ決まりがあるし、宅配便にネットショッピングの支払い……覚えなければならないことも結構多い。フライまで揚げたりする。そんなに楽な仕事ではないということがわかった。

（私、楽してたんだな……）

そう思う気持ちの一方で、こんな自分にまともな仕事が見つかるだろうかと不安になる。ハローワークの人は、三十という年齢が希望だと言った。「石屈さんはまだ若いことだし、高望みや選《え》り好みをしなければ、きっと仕事は見つかりますよ」――。

部屋を空けてほしいと電話を寄越した時、亜以子が言ったこととおんなじだ。「日和ちゃんはまだまだ若いってことよ。希望があるってことよ。三十でしょ？　充分仕切り直せる歳だわ」――。

ところが、見つからない。日和はべつに高望みや選り好みをしている訳ではない。あまりに賃金が低すぎて、１Ｋのコーポを出るどころか、そこでの生活もままならないような仕事、深夜から朝にかけての仕事、先の展望も昇給もまるで望めないような仕事……それでは勤めたところで仕方がない。そうではないか。日和はそう思うのだが、それでも人は、選り好みだ、高望みだと言うのだろうか。

ひよこがね
おにわでぴょこぴょこかくれんぼ
どんなにじょうずにかくれても
………

また自分の頭か耳のなかにそのメロディと歌詞が流れていることに気がついて、日和は顔を顰めて首をきつく横に振った。

以来、アイザックとは会っていない。彼のお蔭で謎は解けたと言っていいが、もともと彼は、可南子の側についていた人間だ。途中、彼も、きっと日和のことをゲームのコマのように見て、楽しんでいた部分があったと思う。それでも頼れる人間だと思う気持ちがあるせいか、弱気になると、ふとアイザックに連絡してみたいという気持ちになる。だが、日和は、自らを戒めつつ、その欲求を抑えていた。お気楽でお人好しで、それがゆえに嫌われて、罠にはめられ、酷い目に遭うのはもうたくさん。人間なんか、心のなかで何を考えているやらわからない。いい人のように見えて、悪い人はいる。人はみんな日和よりも、妬みややっかみ、恨みの念が強い。うかうかしていると痛い目に遭う――それが今回のことで日和が得た教訓だったかもしれない。

部屋は二階だ。物に溢れた部屋の狭さに息苦しくなると、日和は窓の外を眺めることが多い。といっても、何せ二階だから、広々として気持ちが清々しくなるような風景など、望むべくもないが。

(部屋のなかを見てたら、気が滅入る)

土曜の午後、晴れているのが救いだった。日和はまた窓を開けて外を眺めた。すると、日和の目の下を見知った女性が通っていった。見知ったと言っても、本当に知っている訳ではない。駅でも見かけたことがあるが、時々日和の住んでいるコーポの前を通って帰っていく姿を目にする程度だ。彼女が住んでいるのは、たぶん二百メートルほど先にあるマンションだ。テルメール西東京。この近辺では高級マンションの部類だ。

彼女は今日、大きなリーガースベゴニアの鉢を抱えていた。色は見事なまでに濃いピンク。その鉢を抱えながら、彼女がちょっと空模様を見ようとするみたいに顔を上げた。その顔にほんのりとした笑みがあった。それで日和と目が合い、彼女はほんの少しだけ驚いたような顔を見せてから、にっこりと笑った。そしてその顔を前に向け直すと、腕のなかのリーガースベゴニアを生き物か何かのように大事そうに抱いて歩いていった。まるで生まれたての子犬でも抱えているみたいに。

彼女の後姿を見送ってから、日和は音のない息をついた。

いい鉢を見つけた。花の色も最高——そんな彼女の喜びが伝わってくるような笑みだった。自然と顔に滲んだ笑み。そして日和と目が合って、彼女はその笑みをさらに咲かせて花開かせた。くすぐったげな笑みが鮮やかに光った。

（前もそうだった。あの人、しあわせそうにモンステラだったかマングーカズラだったか、大きな観葉植物の鉢を抱えて帰っていった……）

その時も、彼女の顔に満たされたような笑みが自然と滲んでいたのを思い出す。

年齢は、日和より少し上だろうか。たぶん三十三か四といったところ。まだ三十五にはなっていない気がする。栗色に染めた長い髪にゆるくパーマをかけている。駅で会ったのは、たしか二回。二回とも通勤時間帯だったし、彼女もそういう出で立ちをしていたから、働いていることは間違いないだろう。が、その時も、彼女は険しい顔はしていなかった。もともと美人ということもあるが、どこか余裕のあるやさしい表情を見せていた。いたって穏やかな柔和な顔。

(仕事をしているのにどうして?)

日和は思った。

(どうしてあんな穏やかでゆったりした顔をしていられるの?)

そして続けて想像した。日和が見かけただけで大きな鉢が少なくともふたつ。彼女のうちには、もっと多くの観葉植物の鉢や花の鉢が置かれているに違いない。それが置けるだけのスペースとしての余裕がある部屋、観葉植物や花の世話をし、その姿を眺めるだけの心の余裕がある暮らし。だから彼女は、鉢を抱えてほんのりしあわせそうに頬笑むことができる。

(同じぐらいの歳よ。テルメール西東京……どのぐらいの部屋? 前に私が住んでいたのと同じぐらいの部屋？　三十代前半の彼女がどうして？）
日和は、猛烈に彼女のことが知りたくなっていた。その強い関心と興味のなかに、幾許かのやっかみが含まれていることも、自分で感じていた。なぜなら、その時日和は自分が険しげな表情をしていることに気づいていたからだ。単なる興味ではない。やや暗い感情と念の籠もったような強い関心。

すずめがね
おやねでちょんちょんかくれんぼ
どんなにじょうずにかくれても
ちゃいろのぼうしがみえてるよ

………

日和は、メロディに歌詞を乗せ、小さな声で呟くように歌っていた。日和がひよこなら、彼女はすずめだ。
羨んでいるとは認めたくない。ただ、あのしあわせ面が気に入らない。それだけで、他人を探りたくなることがあるものなのだ。その人間のしあわせを壊してやりたくなることがあるものなのだ――彼女によって、日和はそのことを教えられた気がした。

無表情のまま、また小さく呟くように歌う。

どんなにじょうずにかくれても
ちゃいろのぼうしがみえてるよ
だんだんだあれがめっかった

………


歌い終わってから、しばらくぼうっと虚空《こくう》を眺めた。アイザックの顔が浮かんだ。可南子の顔が浮かんだ。彼らが今もまだ自分を見ているような気がした。

虚空に視線を投げだしたまま、日和は表情を消した顔をして、静かな声と口調で自らに語るように言った。

どこかで誰かが私を見てる。

どこかで誰かがあなたを見てる——。

この作品はフィクションであり、実在の個人・団体・事件などとは、いっさい関係がありません。（編集部）

光文社文庫

文庫書下ろし／長編小説
そっと覗《のぞ》いてみてごらん
著 者　明《あけ》 野《の》 照《てる》 葉《は》

2013年 4 月20日　初版 1 刷発行

発行者　駒　井　稔
印　刷　堀　内　印　刷
製　本　ナショナル製本

発行所　株式会社　光　文　社
〒112-8011　東京都文京区音羽1-16-6
電話 (03)5395-8149　編 集 部
8113　書籍販売部
8125　業 務 部

落丁本・乱丁本は業務部にご連絡くだされば、お取替えいたします。
ISBN978-4-334-76554-5　Printed in Japan

JASRAC　出1303317-301　　組版　萩原印刷

お願い　光文社文庫をお読みになって、いかがでございましたか。「読後の感想」を編集部あてに、ぜひお送りください。

このほか光文社文庫では、どんな本をお読みになりましたか。これから、どういう本をご希望ですか。どの本も、誤植がないようつとめていますが、もしお気づきの点がございましたら、お教えください。ご職業、ご年齢などもお書きそえいただければ幸いです。当社の規定により本来の目的以外に使用せず、大切に扱わせていただきます。

光文社文庫編集部